마법의 꽃

마법의 꽃

정연철 장편소설

비룡소

1 호랑이 굴 007
2 비밀 일기 013
3 먹구름주의보 발령 020
4 밑져야 본전 028
5 분홍색 속옷 036
6 혹 047
7 삼총사 064

8 철천지원수 074
9 누에고치 085
10 악마의 달콤한 유혹 094
11 가끔은 햇살 가득한 날 104
12 육손이 119
13 샌드위치 130
14 가족사진 145
15 장애물달리기 161

16 좋다 말았다 172
17 튀밥꽃 186
18 대반란 196
19 개밥바라기 208
20 봄바람 220
21 마법의 꽃 227

작가의 말 231

1
호랑이 굴

보름달이 떴다.

일찌감치 전기장판에 몸을 뉘고 이불을 덮었다. 미적지근한 온도에도 굳었던 근육과 뼈마디가 녹는 것 같았다. 뒤척이다가 모로 누운 채 무심코 창 쪽을 바라보았다. 하필이면 그때.

휘영청 둥근 달이 시야에 들어왔다. 절묘한 타이밍이었다.

하얀 달빛은 창백했다. 다시 몸이 서서히 굳어 가는 느낌. 순간 쉭, 바람을 가르는 소리와 단말마 같은 비명이 동시에 들렸다. 무협 소설의 한 장면처럼 달의 가장자리에 붉은 핏방울이 빗금을 그었다. 선혈이 뚝뚝 떨어졌다. 물론 환각이었다. 잊었다고 착각하게 만들어 놓고, 기억은 결정적인 순간 내 뒤통수에 일격을 가했다.

불길했다.

눈을 감았다.

정신이 말똥해졌다.

별을 세어 보고 양도 세어 봤지만 그럴수록 잠은 그 개수만큼 후퇴했다. 초조했고 화장실만 벌써 세 번째였다. 으슬으슬 몸에 한기가 들었다. 결전의 날을 학수고대하던 동장군은 어제부터 기승을 부리기 시작했다.

내일이 대학 입시 디데이였다. 담임은 조례와 종례 시간에 틈만 나면 인생을 결정짓는 시험이라 해도 과언이 아니라고 언성을 높였다. 나는 그 말을 절대적으로 신봉했고, 그건 나를 옆도 뒤도 돌아보지 않게 만들었다. 모의고사 성적은 줄곧 상승세를 탔으며 급기야 요지부동 일등의 벽도 넘어섰다. 교무실에서 내 주가는 치솟았고 나는 최상위권 몇 명한테만 혜택이 돌아간다는 기숙사 독방까지 차지했다. 내일 시험 결과는 학교의 명예를 드높여 줄 것이고 과거와의 이별을 고한 내 인생은 일사천리 탄탄대로일 거라 믿어 의심치 않았다. 조금 전까지만 해도.

보름달, 까짓것 그냥 무시할 심산이었다. 그런데 연거푸 한숨이 나왔다. 웃풍 탓에 입김이 술술 새어 나왔다.

착, 커튼을 쳤다.

이불을 뒤집어썼다.

질끈 눈을 감았다.

삼중으로 보호막을 씌웠지만 보름달이 보였다. 수년간 냉동시켜 두었던 심장이 뭔가를 감지한 듯 심하게 요동질 쳤다. 머지않아 과부하로 심장이 작동 불능 상태가 되거나 뻥 터지면, 난 바로 무장해제. 그럼 젠장, 끝이었다.

과거 기억들이 불쑥불쑥 솟아올라 가면을 벗으려고 했다. 관자놀이에 핏줄이 불룩 돋아났다. 두통이 왔다. 원산폭격 자세를 취했다. 나약해지려는 나를 혹독하게 단련시키는 방법이었다. 그것으로 부족해 물구나무선 채 버텼다. 이를 악문 채 일 분, 이 분……. 얼굴이 시뻘게졌고 눈알이 튀어나올 것 같았고 숨이 가빴다. 픽 고꾸라지면서 방구석에 처박혔다.

싹싹 빌어. 뭐 하고 자빠졌노? 어서! 제발!

정체불명의 목소리가 무조건 빌라고 애걸복걸했다. 기억을 더듬어 보았지만 난 딱히 용서를 구할 만한 일이 없었다. 천천히 눈을 돌렸다. 순간 묵직한 손이 내 뺨을 갈기고 모지락스럽게 머리통을 두들겨 팼다. 소주 냄새가 코를 찔렀다. 아버지였다. 컹컹 개 짖는 소리가 들렸다. 난 무슨 잘못을 저질렀을까? 돈을 훔친 걸까? 술심부름을 안 했을까? 아님 술병을 깨먹었을까? 학교를 땡땡이 치고 가출하다가 걸린 걸까? 답답했다. 오만 가지 생각을 다 하고 잘못한 게 없다는 확신이 들었을 때 고개를 빳빳이 들었다. 눈을 치켜떴다. 그리고 아버지의 팔목을 잡으려고 손을 뻗는데, 팔 무게가 천근만근이었다. 마룻바닥에 뭔가가 떨어지면서 둔탁한 소리를 냈다. 낫이었다. 보름달 밤이었고, 날카롭게 벼린 낫의 날에 달빛이 번득였다. 오금이 저리고 간담이 서늘했다. 어느 순간 마룻바닥에 선혈이 뚝뚝 떨어졌다. 문설주를 잡은 채 천천히 주저앉으며 흐느끼는 엄마가 보였다. 나도 망연자실 엄마를 바라보며 그 자리에 털퍼덕 주저앉았다. 음무— 구슬픈 소 울음소리가 들렸다.

머리칼을 쥐어뜯으며 꿈에서 깨어났다. 둔기로 뒤통수를 얻어맞은 것처럼 띵했다. 전기 고문을 당한 듯 오른쪽 팔꿈치가 찌르르하다가 쿡쿡 쑤셨다. 귀에선 간헐적으로 이명이 들렸다. 이마에 땀이 흥건했고 베갯잇은 축축했다. 치 떨리는 악몽! 아버지 꿈은 백이면 백, 다 이런 식이었다. 흐느적거리는 몸, 개개풀린 눈, 풀풀 풍기는 술 냄새. 술주정뱅이의 전형. 도대체가 변한 게 없는 아버지.

세상한테 버림 받은 아버지는 내 꿈속을 자유자재로 드나들었다. 고향을 떠나와도 매한가지였다. 그런 날은 하루 종일 뒤숭숭하고 께름칙한 느낌을 떨쳐 버릴 수가 없었다. 그 지독한 느낌을 무시하려고 수학 정석을 파고들고 영어 문장을 통째로 외웠다. 수학 공식과 영어 문장은 뇌 속을 유영하면서 아버지라는 세균을 즉각 퇴치했다. 온몸 구석구석 기생하고 있는 아버지라는 존재를 제거하기 위해 종종 대중목욕탕에서 때를 불리고 때수건으로 빡빡 밀기도 했다. 그럼 실제 아버지라는 때가 뚝 떨어져 나가는 기분이 들었다. 그게 효력이 있었을까. 이태 가량 아버지는 내 꿈에 친히 방문하지 않았다. 그런데 어느 순간 밤송이가 툭 벌어지듯, 예고 없이 등장한 거였다. 그것도 대학 입시를 하루 앞둔 날. 억눌려 있던 감정들이 되살아나 머릿속을 마구 헤집고 다녔다.

불길한 예감은 적중률이 높았다. 1교시 언어 영역 시간부터 집중력이 흐트러졌다. 같은 내용을 읽고 또 읽었다. 손에 땀이 났다. 지문이 몇 개나 남아 있는데 종료 십 분 전이었다. 멍해졌다. 결국 2교시 수리 영역 시험을 치르던 중 나는 시험장을 뛰쳐나왔다. 침통한 기분으로 시내를 배회했다. 날짜를 계산해 보니 어제가 아버지의 기일이었다. 막연히 아버지의 저주에서 풀려났다고 생각하는 건 간절한 바람이 일으킨 착오일 뿐이었다. 공든 탑은 허무하게 무너지고 말았다. 난 기숙사로 돌아와 망설이지 않고 짐을 쌌다.

시외버스 정류장. 몸살이 올 모양인지 몸이 욱신거렸다. 고향행 버스에 승차했다. 한때는 탈출하고 싶어 안달 났던. 그곳엔 아직도 아버지의 흔적들이 지천에 깔려 있었다. 그래서 싫었다, 그곳이, 난. 죽도록.

폐부 깊숙이 숨을 들이쉬고 내쉬었다. 주먹에 불끈 힘이 들어갔다. 어쨌거나 끝장을 내야겠다는 생각이 들었다. 세포 틈틈이 박혀 있는 아버지라는 악성 종양이 떨어져 나가지 않는 이상, 내 인생은 제자리걸음 내지는 헛걸음질만 할 공산이 높았다. 아버지라는 호랑이를 잡으려면 호랑이 굴에 쳐들어가 정면 승부를 벌여야 한다.

버스는 거의 텅텅 비어 있었다. 국도는 한산했다. 길가, 앙상한 벚나무가 획획 지나갔다. 돌이켜 보니 지난 시간도 그렇게 지나갔다. 획획, 쏜살같이. 그리고 미친 듯이.

먹구름이 무겁게 내려앉은 하늘, 알몸을 드러낸 산. 버스 맨 뒷좌석 작은 창문을 열었다. 칼바람이 뺨을 때렸다. 외려 시원했다. 뺨의 감각이 무뎌졌다. 한 가족이 도로가에 차를 세워 두고 꽝꽝 언 개울에서 얼음을 지치고 있었다. 부자지간. 단란해 보이는 그 모습이 무척 생경하게 다가왔다. 나는 이유 없이 그들을 노려보았다.

2
비밀 일기

읍내에 들어서니 정류장 쪽이 어수선했다. 오일장. 강변을 걷다가 장터를 둘러보았다. 6학년, 가을 운동회 때 아버지가 부린 추태를 감당 못해 겁도 없이 무작정 읍내행 버스를 탔던 기억이 떠올랐다. 읍내에 어둑발이 깔리고, 난 눈을 어디 둘지 몰라 몹시 허둥댔었다. 그게 가출이라는 것도 모르고 잠시 신기한 물건들과 붐비는 사람들과 우리 동네보다 훨씬 큰 세상을 모조리 눈에 담고 싶은 욕심에 눈알을 이리저리 굴리다가, 장터에 들렀다. 파장 무렵이었다. 춥고 배고프고 뒤늦게 겁도 났다.

"뻥!"

난데없는 폭발음이었다. 난 그 자리에 얼어붙고 말았다. 순간 마루 귀퉁배기에 놓여 있던 전기밥통이 떼굴떼굴 뒹구는 소리,

마당에 텔레비전이 내동댕이쳐지는 소리, 문짝이 떨어져 나가는 소리, 창문이 깨지는 소리, 장독대의 간장독이 박살 나는 소리가 동시다발적으로 들려왔다. 심장이 쿵 하고 떨어지다가 원위치. 눈앞에 뿌연 연기가 사라지고 고소한 냄새가 풍겨 왔다. 튀밥이었다. 행인들 속에서 난 우두망찰한 표정으로 한참을 서 있었다. 조건반사처럼 아버지가 떠올랐다. 아버지는 겨울 한철 마을에서 뻥튀기 장사를 했다. 우리 집은 이름하여 '튀밥집'이었다. 그 간판은 유일한 자랑거리이자 동시에 치욕이었다.

마을로 가는 버스에 올라탔다. 꼭 타임머신을 타고 시간을 거슬러 가는 기분이었다. 포장도로가 신작로로 바뀌고 양쪽 길가엔 미루나무가 쭉쭉 뻗어 있다. 어느 결에 난 열 살 남짓한 소년이었다. 미루나무들 뒤로 작은 도랑이 흐르고, 그 너머론 구불구불한 다랑이논들, 마중 나온 산자락들, 그리고 떡 버티고 선 산.

산등성마루에서 아래를 내려다보면 양옆으로 솟은 동산들로 우리 마을은 꼭 삼태기에 담긴 꼴이었다. 마을 한복판에는 정자나무골이 있었다. 그곳에는 아름드리 정자나무와 울창한 상수리나무 숲과 붕긋붕긋 솟은 무덤과 집채만 한 바윗덩이들이 조화롭게 배치되어 있었다. 태곳적부터 그래 왔던 것처럼. 엄마 젖을 뗀 뒤부터 아이들은 사시사철 정자나무골의 품에서 자랐다. 거기서 싸우고 울고 뒹굴고 웃었다. 마을엔 집집마다 감나무가 있었다. 그래서 우리 마을 이름은 '감실'이었다. 감이 많이 나는 골짜기 마을. 하도 많이 싸돌아다녀 난 눈을 감고도 감실 구석구석이, 감실감실 떠올랐다.

뒤로 대밭이 있는 우리 집은 한길에서 정자나무골 반대쪽으로 난 첫 번째 길, 끝 집이었다. 허름한 슬레이트 지붕에, 쩍쩍 갈라진 흙벽에, 찌그러져 가는 변소까지, 볼품없기로 따지면 마을에서 다섯 손가락 안에 꼽혔다. 그나마 좀 볼 만한 건 마당귀에 있는 늙은 감나무. 골치가 아플 때, 아버지가 죽이고 싶을 정도로 미울 때, 가끔 비밀 일기를 쓸 때, 그냥 심심할 때, 난 감나무 위에 걸터앉았다. 그럼 잠시 걱정거리가 사라지면서 머릿속이 맑아지고 가슴이 뻥 뚫리고 내 몸이 가벼워지고 투명해지는 기분이었다. 하지만 많은 날들, 난 거미줄에 걸려 버둥대는 한 마리 날벌레였다. 금방이라도 거미가 다가와 목을 옥죌 것만 같았다. 난 하나도 행복하지 않았다. 그건 순전히 아버지 탓이었다.

마을 어귀에 내렸다.

눈앞은 다시 현재, 겨울, 감실. 어디선가 개 한 마리 끼깅대는 소리가 들릴 뿐 인적이라고는 없었다. 마을은 며칠 앓고 난 것처럼 헹댕그렁했다. 하얀 골목길에 바싹 마른 감잎이 몇 개 뒹굴다가 주춤하다가 도로 팽그르르 구르며 달아났다.

집 마당에 들어섰다. 마루에 검불 몇 개가 뒹굴고 있었다. 바람에 비닐봉지가 날아다녀도, 도둑고양이가 울어도, 재깍 방문을 열어 보던 엄마. 어디로 갔을까.

문고리를 잡고 엄마의 품속 같은 방문을 열었다. 온몸을 감싸고도는 온기에 가슴부터 녹았다. 앉은뱅이책상, 교과서와 참고서, 벽에 붙은 '서태지와 아이들' 대형 브로마이드, 장독대에서 텔레비전 위로 이사 온 화분들, 갈무리해 둔 고구마 자루, 방바닥에 깔려 있는 이불, 샛문 쪽에 놓여 있는 밥상, 천장에 붙은 겨울 파리 몇 마리 들이 눈에 들어왔다. 아랫목 이불 속에 손을 넣다 말고 다시 마당으로 나왔다.

감나무엔 까치밥 하나가 대롱거리고 있었다. 날짐승한테 쪼아 먹힌 흔적이 역력한. 빨갛다 못해 시꺼먼 빛깔을 내는 홍시는 이젠 까치한테까지 푸대접을 받고 있는 듯 보였다. 그 까치밥에서 난 눈을 뗄 수가 없었다. 상처 받고 시꺼멓게 멍들어 그대로 얼어 버린 까치밥, 그리고 절뚝절뚝 걷다가 성장이 지체된 지금의 나. 놀랄 만큼 닮은꼴이었다. 목덜미를 타고 올라와 정수리를 찍는 소름. 그 찌르르한 느낌은 머릿속에서 아버지에 대한 기억을 끄집어냈다. 그 기억을 억누르려고 눈을 질끈 감으면 만취 상태인 아버지의 충혈된 눈이 나를 노려보았다.

"에구, 우짠 일이고? 연락도 없이. 내일은 해가 서쪽에서 뜨겠구마."

눈을 뜨고 머리를 흔들었다. 엄마가 오른손에 무 두 개를 든 채 뒤란 쪽에서 마당으로 걸어오고 있었다. 3박 4일 수학여행 떠나보냈던 자식을 맞이하는 표정이었다. 육신은 점점 쪼그라드는지 오늘따라 더 왜소해 보였다.

"시험…… 쳤다."

"맞데이, 맞아. 내가 요래 정신 줄을 놓고 산다."

엄마의 눈을 피해 다시 까치밥을 쳐다보았다. 엄마는 누구보다 궁금할 텐데 시험에 대해선 일언반구도 하지 않았다. 그저 내 눈길을 따라 하염없이 까치밥만 올려다보았다.

"해거리라고는 모루더만 올해는 맻 개 안 달렸어."

해거리. 나도, 여태 해거리를 하고 있는 거라면. 그래서 밑거름을 듬뿍 주고 웃자란 가지를 쳐 준다면. 그럼 나도 새로 아장아장 걸음마를 배우고, 거북이걸음으로 걷다가, 황새걸음으로 걷다가, 통통걸음으로 걷다가, 폴짝폴짝 뛰고 나중엔 쌩쌩 달릴 수도 있지 않을까?

"밥도 안 챙기 묵고 댕기나? 와 삐썩 말랐노?"

"사돈 남 말."

모락모락 김이 나는 쌀밥에 동탯국과 구운 조기와 김장 김치와 파래김으로 허기진 배를 채웠다. 그리고 엄마한테 그간 묵혀 두었던 마을 소식을 들으면서 민화투 다섯 판을 쳤다. 엄마의 활활 타오르는 승부욕이 눈물겹도록 반가웠다. 나는 엄마의 역전승을 위해 노력했다. 엄마가 짓는 회심의 미소를 확인하고 이부자리를 폈다. 말없이 엄마의 탄력 잃은 거친 손을 만지작거리다가 잠이 들었다.

다음 날, 부엌에서 달그락달그락 아침 차리는 소리가 났지만 일어나지 않았다. 엄마 곁에서 부리는 게으름은 일종의 특권이었다. 엄마가 아침 공기 묻은 손으로 등줄기를 훑어 주었다. 잠이 확 달아났다. 그 오싹함 뒤에 오는 시원함을 기다리고 있었던 모양이었다, 난.

해가 서쪽에서 뜰 것 같다던 엄마의 예언과는 달리 벌건 해가 동쪽에서 찬란하게 떠오르고 있었다. 기지개를 켜고 아침을 먹고 대청소를 했다. 큰방, 마루, 마루 밑, 마당……. 내 속에 덕지덕지 묻어 있는 아버지라는 때를 구석구석 청소했다. 하지만 아버지가 사용했던 방 앞에서 문을 열 용기가 나지 않아 한참을 망설이다 돌아섰다.

점심을 먹고 내친김에 헛간과 변소를 치우고, 아래채 방문을 활짝 열어젖혔다. 낡아 빠진 책상이 한눈에 들어왔다. 난 그 책상에 시선을 고정한 채 천천히 다가갔다. 중학교 1학년 때, 난생 처음 성적 우수 장학금이라는 걸 받은 적이 있다. 그때 아버지는 책꽂이가 딸린 중고 책상을 선물했다. 나는 뜻밖의 횡재에 환호성을 질렀다. 까짓것 전교 1등도 문제없을 것 같았다. 영순이, 기철이 형, 영진이 누나의 질투 어린 시선과 감언이설도 꿋꿋하게 버텨냈다. 책꽂이엔 영진이 누나와 기철이 형과 영순이의 졸업앨범이 꽂혀 있었다. 덜컹덜컹, 맨 밑의 서랍을 열자 종이 상자 하나가 나왔다. 그 안에는 명찰, 배지, 우표, 동전, 지우개, 승차

권……. 누가 모아 두었을까.

들창에서 들어온 세모 모양의 햇빛 안에 난 그 조각들을 하나하나 꺼내 놓았다. 그러고는 이제 쓸모없는 책상을 들어냈다. 군불로 활활 타올라 장렬하게 생을 마감하길, 생각하는데 책상을 빼낸 자리 구석에 책상다리를 받쳐 두었던 공책 한 권이 눈에 들어왔다. 쥐똥과 거미줄과 먼지답쌔기를 툭툭 털어냈다. 누런 쥐오줌과 쥐가 갉아 먹은 흔적.

비밀 일기장 권기범.

중학교를 졸업하고 가출과 자살이라는 비장의 무기를 써서 서둘러 소도시로 유학을 떠나던 날, 난 뒤란에서 과거를 깡그리 소각했다. 아니 그런 줄로만 알았다. 두 번 다시 아버지라는 치부를 들추어내기 싫었다.

"기범아, 저녁 묵제이."

"어."

난 건성으로 대답하며 일기장 속으로 빨려 들어갔.

첫 장을 넘겼다. 누런 종이, 꼭꼭 눌러 쓴 듯한 깨알 같은 글씨. 뭐 그리 하소연할 게 많았는지 빽빽하게 적혀 있었다. 가리가리 찢어졌던 기억의 파편들이 테트리스 게임의 테트로미노처럼 재결합하기 시작했다.

3
먹구름주의보 발령

12월 29일

또! 또! 또!
엄마랑 아버지가 싸웠다.

몇 달 전 진주 병원에 다녀온 뒤부터 아버지는 변했다.
요새는 하루라도 안 싸우면 입 안에 가시가 돋치는 모양이다.
아니 정확하게 말하자면 싸우는 게 아니라 아버지가 엄마를 때리는 거다.
이런 게 바로 가정폭력이 아니고 무엇인가?
동네 사람들도 말한다.

옛날엔 이 정도까지는 아니었는데 어느 날부턴가 갑자기 좀 심해졌다고.

사람이 갑자기 변하면 죽는다는데 아버지도 그럴까?

그럼 좋겠지만 왠지 안 그럴 것 같다.

돈도 없다고 하면서 오래 살고 싶어서 보약도 지어 먹고

아침 점심 저녁 밥 다 먹고 꼭 흰색 가루약도 챙겨 먹는다.

다 똥통에 처넣어 버리고 싶지만 돈이 아까워서 참는 거다.

어디가 아프긴 아픈 거 같다.

겉으로 보기엔 멀쩡한데. 술도 잘 마시고. 혹시 꾀병인가?

아, 창피해서 애들하고 놀기도 싫다.

난 아버지가 싫다. 죽도록 밉다.

하느님이 제발 데려갔으면 좋겠다.

전생으로 돌아갈 수만 있다면 옥황상제님한테 막 따지고 싶다.

그래서 엄마와 아버지를 내가 선택해서 다시 태어나고 싶다.

아니 그럼 엄마가 슬퍼할 테니까 엄마는 그대로.

그러면 내가 안 태어나겠지?

차라리 그게 나을지도 모른다.

아버지는 반성할 줄을 모르는 사람이다.

잘못했으면 잘못했다고 솔직하게 말하면 어디가 덧나나.

어젯밤에 오줌을 싼 것도 다 아버지 탓이다.

그래도 무사히 지나가서 다행이다.

영순이한테 약간 미안하긴 하지만.

또 시작이었다.

엄마는 파란색 슬리퍼를 양손에 들고 동구 밖으로 내달렸다. 100미터 달리기 세계 신기록도 문제없을 것 같았다. 난 슬며시 애들 틈바구니에서 이탈해 정자나무골로 향했다. 그곳은 몸을 은폐시키기에 적합한 장소였다. 애들의 시선이 내 뒤통수에 꽂히는 것 같았다. 지긋지긋하고 우울했다.

마른 풀 부스럭거리는 소리에 뒤를 돌아보니 엄마였다. 축 처진 눈, 그리고 입가에 허옇게 묻은 침 찌끼. 싸움이 얼마나 격렬했는지를 짐작케 했다.

"가자 고마. 배 안 고푸나? 어휴, 복도 지지리도 없는 것들."

엄마의 입에서 단내가 폴폴 풍겼다.

한겨울의 따가운 고추바람 한줄기가 엄마와 나를 후려치고 지나갔다. 엄마는 뭉텅이 한숨을 떨어뜨리고 발걸음을 옮겼다. 난 저린 다리를 옮기며 흘깃 살얼음 낀 미나리꽝 속 파릇한 미나리를 쳐다보았다. 미나리는 그나마 나보다 나아 보였다. 나로 말하자면 아버지라는 매얼음 속에서 온몸이 동태처럼 되어 버린 딱한 신세였다.

집 안은 고요했다. 인기척에 찬장에서 쥐새끼 한 마리가 급히 내빼는 소리가 들렸을 뿐, 그 뒤로는 쥐 죽은 듯 조용했다. 아버진 세상모르고 잠에 빠져 있었다. 차라리 잠의 수렁 속으로 깊이깊이 빠져 다시는 눈을 뜨지 말았으면, 제발. 아멘. 나무아미타불.

난 마당에 널브러진 뻥튀기 기계를 노려보았다. 아버지에 대한 반항과 도전의 뜻으로 오줌을 갈기고 싶었다. 아니 쇠메로 다 때려 부수고 싶었다. 아버지는 오늘 수입을 술값으로 탕진했을 거였다. 그걸로도 부족해 집을 쑥대밭으로 만들어 놓았다.

뒤란 쪽에서 영진이 누나와 기철이 형과 영순이가 슬금슬금 기어 나왔다. 군불도 못 지폈는지 방바닥이 미지근했다. 그날 밤 우리 모두는 쫄쫄 굶은 채 설핏설핏 노루잠을 잤다.

그래도 그 정도면 참을 만했다. 인두겁을 쓴 괴물이 주먹과 발로 무지막지하게 엄마를 때린 것도 부지기수였으니까. 지난주에는 엄마가 아버지 허락도 없이 메주콩을 팔아서 식구들 겨울 내복을 샀다는 이유로 폭행을 당했다. 아버지한테 반항 한번 제대로 못한 게 늘 후회막급이면서도 막상 그 상황과 맞닥뜨리면 전신이 마비되는 것 같았다. 난 정말이지 그런 소심증이 불만이었다. 너덜너덜 다 찢긴 엄마 내복은 보기에도 흉측했다. 생각 같아선 당장이라도 입고 있는 내복을 아버지 면상에 벗어던지고 싶었다.

엄마는 그 와중에도 아버지에게 꼬박꼬박 삼시 세 끼를 해다 바쳤다. 하지만 아버지는 반찬이 시원찮다고 타박을 했다. 아버지를 이해하는 건 물구나무선 채 계단을 오르는 것보다 더 힘들었다. 이해 안 되긴 엄마도 마찬가지였다. 우리끼리 야반도주해서 아버지가 꿈에도 상상 못할 곳에 숨어 살면 좋을 텐데. 얼마나 기막힌 복수인가? 아니, 어쩌면 엄마도 도망을 골백번은 더 생각했는지 모른다. 그럼 엄마의 발길을 옭아맨 건 무엇일까?

잠자리가 꿉꿉해서 눈을 뜨니 아랫도리가 축축했다. 푸, 한숨부터 나왔다. 가슴을 졸이던 날 밤에 가끔 저지르는 실수. 꿈속에서 오줌을 시원하게 갈기지도 못했다. 남이 볼까 눈치 보며 찔끔찔끔 누다 보면 어김없이 이불이 젖어 있곤 했다.

새벽녘에 난 팬티를 걸레 삼아 오줌을 닦아낸 뒤 속옷을 갈아입었다. 그리고 내가 누워 있던 자리로 영순이를 쓱 밀었다. 영순이는 막내니까 엄마한테 욕 얻어먹고 울음 한 번 터뜨리면 그만일 거였다. 그러나 내 사정은 좀 달랐다. 영순이는 서너 살 때 밤에 오줌 싸는 걸 졸업했는데, 난 이 나이 먹도록 서너 달에 한 번 꼴로 싸대고 있었다.

다시 한숨이 나왔다. 난 무릎 사이에 머리를 박고 손가락으로 방바닥을 박박 긁어 댔다. 그러다가 이불 속으로 들어가려는 순간 샛문 쪽 구석에 쪼그려 앉아 있는 엄마가 눈에 들어왔다. 가슴이 쿵 내려앉았다.

"엄마······."

엄마는 말없이 천장만 바라보고 있었다. 그렁그렁한 눈에 새벽빛이 묻어났다.

아침이었다. 부엌에서 칼자루 끝으로 마늘 빻는 소리가 안 들렸다. 솔가리 타는 냄새에 엄마가 재채기하는 소리도 안 들렸다. 난 어제 찢겨진 듯한 창호지를 더 벌리고 문밖을 내다보았다. 탱자나무 산울타리에 굴뚝새 떼가 앉자마자 뒤도 안 돌아보고 날아가 버렸다. 누나는 불쏘시개용으로 솔가리를 들고 부엌에 들어갔고, 형은 소에게 여물을 퍼 주고는 집을 뛰쳐나갔다.

태평하게 늦잠을 잔 영순이가 발로 방문을 퍽 차고 나왔다. 귀퉁이가 젖은 이불을 한 아름 안은 채였다.

"이불은 와?"

난 시침을 뚝 떼고 물어보았다.

"오줌 쌌는 갑다."

영순이의 당당함은 내 가슴속에서 양심의 가책을 몰아냈다.

"근데 팬티는 안 젖었데이. 되게 신기하제?"

"좋겠다."

"당연하지."

가끔 영순이의 저 단순함과 무식함이 부러웠다.

"엄마는?"

난 텃밭에 가 보라고 한마디 핑 던지고는 곧장 방으로 들어갔다. 그러고는 장롱 옆에 쑤셔 박아 두었던 팬티를 수돗가로 가져

갔다.

"영순아이! 기범아! 너그 어매 어데 갔노?"

아버지였다. 못 들은 척했다.

"이눔의 짜슥들이!"

아버지가 가래를 카악 툭, 뱉는 소리가 들려왔다. 누나는 내 어깨를 치며 얼른 대답하라고 눈짓을 했다.

"와요?"

"너그 어매 어데 갔냐꼬!"

아버지가 언성을 높였다.

"몰라요!"

난 입을 삐죽거리다가 대들 듯이 말했다. 내 속의 반항심은 늘 이런 식으로밖에 표출되지 않았다.

"퍼뜩 찾아가 밥하라 캐라, 으이?"

그러고는 쿨룩쿨룩 기침을 해댔다. 속에서 용암이 부글부글 끓었다.

한참 뒤, 영순이가 엄마의 손을 잡고 까불대며 걸어왔다. 난 아버지의 말을 전하지 않았다. 그래도 엄마는 콩나물국에 고춧가루를 뿌려 아버지의 깔깔한 입맛과 쓰린 속을 풀어 주었다. 아버지는 말없이 밥그릇을 비웠다. 엄마가 달여 준 한약도 비웠다. 정체 모를 가루약도 먹었다. 그러고는 꺼억 트림을 하며 밤색 빵모자를 쓰고 지게 위에 낫과 톱을 걸치고 뒷산으로 나무하러 갔다. 난 아무도 몰래 몇 방울 남아 있는 한약을 쪽 빨았다. 무지 썼다. 그래도 왠지 기운이 도는 것 같았다.

난 식구들의 눈을 피해 시린 물로 비누칠도 하지 않고 조물조물 팬티를 빨았다. 이내 손이 빨개졌다. 얼얼해진 손을 입 속에 한참 동안 넣었다 뺐지만 별 효과는 없었다.

겨울 해는 일찍 떨어졌다. 영순이와 난 저녁을 먹고도 아궁이 숯불 속에 고구마를 묻었다. 한참 만화에 푹 빠져 있을 때, 기철이 형이 코를 킁킁거렸다.

"맞다, 고구마!"

영순이가 소리치며 화닥닥 뛰쳐나갔다.

탄 껍질 속에 숨어 있는 노란 군고구마 속살이 달보드레했다. 우리는 호호 불며 쥐새끼처럼 갉아먹다가, 코끝에 묻은 숯검정을 보고 서로 놀리며 웃기까지 했다. 영순이와 나만 입맛이 도는 모양이었다.

집은 여전히 먹구름주의보 발령 상태였다. 그건 한시도 마음을 놓을 수가 없다는 뜻이었다. 가끔은 아버지에 대한 공포와 증오가 내 뼈와 살과 키는 물론 영혼마저 갉아먹는다는 생각이 들었다. 그런데 물러터진 내 심장은 아버지에 대한 복수심에 홧홧 달아오르다가, 고구마 하나 가지고도 금세 식어 버리곤 했다. 어쩌면 그 덕분에 아버지와 가난이라는 거대한 먹구름 층을 버텨 내고 있는지도……, 몰랐다.

4
밑져야 본전

1월 12일

며칠 전 엄마는 아버지가 술을 끊게 될지도 모른다고 했다.
그러면서 손가락을 입술에 대고 쉿! 했다.
난 엄마랑 단둘이 비밀을 가지게 된 게 신 났다.
아버지가 술을 마시지 않으면 얼마나 좋을까?
아버지는 이기지도 못하는 술을 만날 마신다.
꼭 술을 실컷 마시고 싶어서 보약을 먹은 것 같다.
돈 아깝다.
하지만 이제 보약은 다 떨어졌다. 가루약도 다 떨어졌다.
며칠 전 진주에 갔다 오더니 약도 안 사 왔다.

이제 괜찮아졌겠지 싶어서 물어보지도 않았다.
솔직히 말하자면 궁금하지도 않지만.
난 비밀이 들통 나면 엄마 작전이 물거품이 될까 봐
영순이한테 말하고 싶어도 꾹 참았다.
그렇게만 된다면 하루에 착한 일을 백 번,
아니 백 번은 좀 그렇고 한 열 번 정도는 할 수 있다고 생각했다.
근데 오늘 엄마의 작전은 실패로 돌아갔다.
학교에서 등수가 떨어지고,
경필이한테 놀림을 당한 것보다 훨씬 기분 나빴다.
세상에 나보다 불행한 사람은 없을 거다.
아니다, 천동희?
엄마 아버지도 없이 할머니하고만 사는 우리 반 옥떨메 천동희?
근데 어떨 땐 천동희가 부럽기도 하다.
우리 아버지 같은 사람하고 한 집에서 안 살아도 되니까.

  우리 집을 포위하고 있던 먹구름이 잠시 종적을 감추는 날도 있긴 했다. 가물에 콩 나듯이. 그럴 때면 굴뚝새 떼도 그 사실을 귀신같이 눈치채곤 탱자나무 산울타리나 짚단 더미에서 한참을 노닥거리다가 떠났다.
  한번은 밤마을 갔던 엄마가 연방 벙글거리며 돌아왔다. 술을 끊게 하는 비법을 알아왔다고 했다. 그러고는 댓바람에 말린 도꼬마리 열매를 빻아, 다음 날 아침부터 시래깃국에 몰래 넣기 시작했다. 궁중 암투를 소재로 한 사극에서 수라간 나인이 비밀리에 음식에 독을 넣는 것처럼 스릴 만점이었다. 하지만 이틀이 다 지나도록 아버지가 별 반응을 안 보이자, 엄마는 금세 뚱해졌다.

"내 복에 무신, 에휴……."

엄마는 푸념을 하다 말고 한숨을 푹푹 쉬었다. 금방 포기할 기세였다. 안 될 말이었다.

"쪼매만 더 해 보자. 아부지 술만 끊게 된다 카믄 나도 소원이 없겠다, 진짜로. 밑져야 본전이잖아."

난 선생님처럼 엄마를 다독거렸다.

그러다가 동티가 난 건 사흘째 되는 아침이었다. 젓가락을 들고 망설이던 아버지가 갑자기 밥상을 엎었다.

"제기럴, 쎄빠지게 돈 벌어 논 거 다 엇다 쓰노 쓰길? 괴기가 있어야 될 거 아이가, 괴기가!"

아버지는 옷에 튄 밥풀과 시래깃국 건더기를 툴툴 털며 일어났다.

'몰라서 물어요? 아부지 약값하고 술값하고 담뱃값으로 다 나가잖아요!'

이 말을 꾹꾹 눌러 참느라 목과 턱이 다 아팠다. 엄마는 사레가 들렸는지 얼굴이 시뻘게지도록 기침을 했다. 그 상황에도 영순이는 방바닥에 떨어진 김을 주워 먹었다. 난 열통이 터져 영순이의 머리통을 쿵 쥐어박았다. 그러자 영순이는 엄마의 팔뚝을 흔들며 어리광을 피웠다. 엄마가 꼼짝 않자, 걸레로 방바닥을 훔치는 누나한테 괜히 찌그렁이를 부렸다. 도대체 영순이의 뇌 구조는 어떻게 생겨 처먹었는지 궁금했다.

방 안에서 달그락달그락 그릇 포개는 소리가 들려왔다. 그 소리가 참 쓸쓸하다고 생각하며 곧바로 앞동산에 올랐다. 멀리서 바라보니 정자나무골 근처 꽝꽝 언 미나리꽝은 아이들로 붐비고 있었다. 아무 걱정 없어 보이는 애들이 부러웠다. 그럴수록 아버지가 원망스러웠다. 하고많은 사람 중에 왜 하필 그런 사람이 우리 아버지인지 생각할수록 억울했다.

해거름 녘, 부엌에선 엄마와 누나가 부산하게 움직였다. 난 엄마가 오기를 부려 아침에 엎어 버렸던 반찬을 도로 주워 담아 상을 차리길 은근히 기대하고 있었다. 그때 아버지의 붉으락푸르락 변하는 표정을 보고 희희낙락하고 싶었다. 하지만 그럼 또 날벼락이 떨어질 테고, 그럼 엄마만 손해를 보기 때문에 생각을 바꿔 먹었다.

미지근하던 방바닥이 엄마가 땐 군불로 뜨끈해지자 스르르 초저녁잠이 몰려왔다. 꿈속에서 난 빗자루를 타고 하늘을 날아다녔다. 그러다가 입술을 내밀고 두 팔 벌리며 따라오는 천동희의 모습에 놀라 툭 떨어졌는데, 그곳이 하필이면 돼지우리였다. 똥 범벅이 된 채 이리저리 뒹굴고 있는데 돼지가 내 얼굴을 핥기 시작했다. 몸부림을 치며 깨어나니, 영순이가 내 뺨을 손바닥으로 찰싹찰싹 치고 있었다.

"뭐고, 까시나야!"

"엄마가 밥 묵는다고 일어나래."

영순이는 발로 이불을 돌돌 마는 건방을 떨고 밥상을 폈다. 나는 발로 영순이의 엉덩이를 걷어차고는 마른세수를 하면서 밖으로 나왔다.

아버지는 쇠죽을 퍼 주고, 가마솥에 물을 데워 머리를 감고, 세수를 하고, 양말을 빨아 널고, 걸레로 그을음 낀 툇마루를 닦았다. 그리고 고기 반찬이 없는 밥상을 엎지 않았다. 구수한 청국장에 계란찜에 무 부침개로, 밥 한 그릇 뚝딱 비우고 끄르륵 트림을 하며 일어섰다. 하지만 영순이와 나는 밥을 두 그릇째 먹고 있었다.

"작작 좀 무라. 그카다가 짜구나겄다."

엄마의 퉁바리가 따뜻하게 느껴졌다. 우리는 입 안 가득 음식을 넣고 걱정 붙들어 매라고 빙긋 웃어 주기만 했다.

며칠 우리 방에서 자던 엄마는 아버지 방으로 잠자리를 옮겼다. 엄마는 마음이 독하지 못해서 탈이었다. 나도 그런 엄마를 닮아 아버지가 죽이고 싶도록 밉다가도, 오늘같이 먹구름주의보가 잠시 해제된 날이면 지난날을 다 용서해 주고 싶은 마음도 들었다. 하지만 아버지의 약간 인간적인 모습은 하루를 넘기지 못하는 날이 허다했다.

*

"밥 묵자 안 카나. 국 다 식어빠지는구마는."
"지금 가."

난 일기장을 옆구리에 끼고 밖으로 나왔다. 찬바람이 청국장 냄새를 싣고 얼굴에 부딪혔다. 배가 꾸르륵 즉각적으로 반응했다.

"그기 뭐꼬?"
"일기장."
"일기장? 하이고, 고론 게 안즉 남아 있었더나? 보물이네, 보물."

보물? 그럴지도 모른다. 아닐지도 모르고.

걸신들린 사람처럼 배를 채우고 설거지를 하려고 하자 엄마는 필사적으로 말렸다. 고래 심줄 같은 저 고집은 내가 감히 범접할 수 없는 엄마의 삶의 방식일 거였다.

엄마가 바구니에 홍시를 담아 왔다.

"안 보고 싶어?"
"누구?"

엄마는 홍시 하나를 건네며 되물었다.

"알면서."

"너그 애비? 잠잠허네. 세상 베리고 꿈속에까정 쫓아와서는 징글징글하게 괴롭히더마는. 요새는 저승에서 핀한가, 당최 안 비네."

"웬 동문서답! 안 보고 싶냐고?"

"보고 접기는. 그 꼬라지 안 보이까 세상 핀하고 좋구마는. 그란데 갑재기 그건 와?"

"아니, 그냥."

아마 잊지 못했을 거다, 엄마도. 그때의 그 치유 불가능한 상처들을. 하지만 얼굴은 투명하게 맑았다. 비결이 무엇인지 묻고 싶었으나 입을 열지는 않았다. 그건 나 스스로 해결할 문제였다.

"참, 영순이는?"

"하이고 고놈으 가시나 전교 학상회장인가 뭔가 되고 얼매나 설치고 댕기는지, 대통령보다 더 바뿌지 싶구마. 문디 겉은 간부수련횐가 뭐신가 때문에 지리산 쪽으로 간다 카던데. 오늘 동무 집에서 자고. 매칠 걸릴 끼고마. 그기 인간 안 될 줄 알았더만……."

엄마는 인간 구실 하고 있는 영순이가 대견스러운 듯, 말하는 내내 웃음기를 머금고 있었다. 전교 학생회장 권영순. 썩 어울리는 명함 같았다. 예나 지금이나 영순이는 자기 삶을 주도하고 있다는 면에서 확실히 나보다 한 수 위였다. 기특하면서도 질투가 났다.

　세수를 하고 거울을 봤다. 거울 속 내 얼굴에 어렴풋이 아버지의 모습이 겹쳐졌다. 그 시절, 아버지는 찰거머리처럼 내 머릿속에 찰싹 달라붙어 번번이 두통을 일으켰다.

　엄마는 일일연속극에 빠져들었다. 술주정하는 연기자한테 삿대질과 욕을 퍼부었다. 나는 자꾸만 일기장에 눈이 갔다.

5
분홍색 속옷

2월 7일

선생님이 남녀평등에 관해 이야기할 때,
난 결혼 후의 가정을 상상해 보았다.
튼튼하고 멋진 기와집에 넓은 마당, 화단, 장독대 그리고 수세식 화장실.
그리고 내 아내는…….
눈을 감고 맘껏 상상을 하다가, 얼굴이 빨개졌다.
내 아내는 남영지.
남영지 얼굴을 훔쳐봤다.
그러다가 남영지랑 눈이 마주치는 바람에 심장이 고장 난 듯

쿵쾅거렸다.

엉큼한 생각하다가 벌 받은 거다.

난 남영지랑 결혼하면 진짜 자상한 남편이 될 자신이 있다.

밥, 빨래, 청소 다 문제없다.

그런데 아버진 제대로 해준 거 하나 없으면서 엄마를 못 잡아먹어 안달이다.

그것도 모자라서 아버지는 바람까지 났다.

아버지는 왜 불쌍한 엄마를 두고 한눈을 팔까?

이때까지 죽도록 고생만 시켜놓고. 배신자!

차라리 우릴 버리고 정님이 엄마한테 새 장가나 갔으면,

하고 바란 적도 있었는데 본심이 아니었던 것 같다.

아버지하고 정님이 엄마하고 그렇고 그런 사이라는 소문이 동네에 쫙 퍼졌다.

구판장에 술 사러 갔다가 아줌마들끼리 하는 얘기 다 들었다.

더 열 받았다.

내 심장은 다시 복수심으로 활활 타오르고 있다.

아버지가 떡 버티고 있는 한 행복은 딴 나라 딴 사람 얘기 같다.

난 가출을 결심했다.

또 다시 이런 일이 생긴다면 미련 없이 집구석을 떠나 주겠다고.

당당히, 이를 악물고.

이른 아침, 눈을 반쯤 감고 오줌을 누고 있을 때였다. 골목에서 아줌마들이 삼삼오오 모여 새살대는 소리가 들려왔다. 엄마가 밥이 뜸 드는 틈에 그쪽으로 걸어가자, 아줌마들은 합죽이가 된 듯 입을 오므렸다.

"무신 일인데 내가 오이 입을 딱 닫아 삐리노?"

"배…… 뺄껏도 아…… 아이구마."

상희 엄마가 과장되게 고개와 손을 저으며 말했다.

"와 갑재기 말을 더듬으꼬?"

"어? 내 내가? 내가 언제 말을 더듬었다 카노?"

아줌마들이 서둘러 떠나자 엄마는 개운치 않은 표정으로 돌아왔다. 직감적으로 아버지 이야기일 거란 생각이 들었다.

얼마 전, 동네 구판장에 술심부름을 갔을 때였다. 마침 아줌마 몇 명이 볕 좋은 마루에 모여 앉아 수군수군, 아버지와 정님이 엄마 이야기에 정신을 쏙 빼놓고 있었다.

"아줌마!"

"이 빌어묵을 눔이! 하이고 가심이야, 간 떨어질 뿐했네."

상희 엄마가 가슴을 쓸어내리면서 바락 호통을 쳤다. 그러더니 내가 이야기 주인공의 아들임을 알아채고는 얼른 시선을 피했다.

"아부지가 쏘주 됫병으로 돌래요."

"돈은 우짜고?"

"외상요."

난 당연한 걸 왜 물어보느냐는 식으로 대꾸했다. 창고에서 술병을 꺼내 오면서 상희 엄마는 말장난을 걸었다. 반성의 기미가 안 보였다.

"기범이는 인물도 좋은 기 난중에 가스나들이 줄줄 따를 끼고마."

한두 번 듣는 말이 아니었기 때문에 별 감동도 없었다.

"그라고 지 애비 닮아서 술도 엄청시리 잘하끼라. 맞제?"

내가 세상에서 제일 듣기 싫은 말. 지 애비 닮아서 어떻고 저떻고. 난 발끈해서 따졌다.

"나는 술 겉은 거 죽어도 안 묵을 낀데요."

"그라믄 뭐 묵을랑고?"

"빵하고 과자만 묵으믄 되잖아요. 사이다하고."

내 퉁명스러운 대답에 아줌마들은 밥맛없이 웃어 댔다.

"하이고, 아무리 그캐도 그 나물에 그 밥이지……."

말끝을 흐리는 상희 엄마한테 화딱지가 났다. 하여튼 남 염장 지르는 거는 타고났다. 난 소주병을 빼앗다시피 받아 챙기고는 인사도 안 하고 발길을 팽 돌렸다.

처음 듣는 소문도 아니었다. 아버지와 정님이 엄마의 그렇고 그런 이야기.

아버지는 정님이네 집일이라면 두 손 두 발 다 걷어붙였다.

정님이 엄마는 땅딸막한 키에, 주근깨 수두룩한 낯에 예쁜 구석이라고는 눈을 씻고 찾아봐도 없었다. 하지만 아줌마들은 정님이 엄마의 눈웃음과 나긋나긋한 말투가 보통은 넘는다고들 했다. 애들 사이에서는 실컷 공짜 심부름 시켜 먹고 입을 싹 닦는 자린고비 아줌마로 악명 높았다. 나는 아버지의 여자 보는 안목에 적잖이 실망했다. 그건 그렇고 엄마가 눈치채기 전에 미리 손을 써야 했다.

그런데 머리를 아무리 굴리고 짜 봐도 어른을 상대로 멋지게 골탕 먹일 작전은 떠오르지 않았다. 끽해야 뒤에서 눈을 흘기거나, 정님이 엄마가 우리 아버지를 욕심내는 질 나쁜 마녀라고 하느님한테 고자질하는 게 전부였다. 그러면서도 마음 한쪽 구석엔 아버지가 우릴 버리고 정님이네 집으로 가 버리면 좋겠다는 생각도 들었다.

마당에 들어서자 마루에 앉아 있던 아버지가 입맛을 다시며 일어섰다.

"김치하고 대접 하나 갖고 와."

난 대꾸도 안 하고 부엌에 들어가 분부대로 했다.

"한잔 해 볼래?"

아버지는 실실 웃으며 실없는 소리를 했다. 내가 자기 때문에 얼마나 수모를 당하고 있는지도 모르고.

다음 날, 아버지는 아침을 먹자마자 연장을 챙기고 집을 나섰다. 늘 그랬듯이 다녀온다는 말도 없었다. 그래서 나도 잘 다녀오라고 말 안 했다.

이상하게 하루 종일 경운기 털털대는 소리도, 개 짖는 소리도 안 들렸다. 땅거미가 지기 시작했을 무렵, 엄마 얼굴에는 어둠이 깔렸다. 저녁을 먹고 설거지를 끝내도록 아버지는 돌아오지 않았다.

"기범아이, 너그 아부지 좀 델꼬 온나. 뭐 한다꼬 또 요리 늦는지 모루겄네, 에휴."

"어디 있는지 몰라."

"정님이 저그 집에 가 봐라."

"와 맨날 천날 나만 시키는데!"

아버지를 데리고 오라는 심부름은 거의 내가 떠맡다시피 했다. 넉장거리로 뻗어 있는 아버지를 질질 끌고 온 적도 있었다. 그다음 날 아버지는 어깨에 난 생채기를 거울로 비춰 보며 얼굴을 찡그렸지만 난 이실직고하지 않았다.

"퍼뜩 몬 갔다 오나?"

엄마의 얼음장 같은 말투. 더 이상 토 달아 봤자 소용없다는 걸 간파한 나는 털레털레 정님이네 집으로 향했다. 급히 나오는 바람에 웃옷 하나 걸치지 못한 게 후회될 정도로 쌀쌀했다. 어른들은 입춘이 다가오니 바람이 다르다고들 했지만 난 똑같이 느껴졌다. 새까만 하늘에 촘촘히 박혀 있는 별들이 추위에 오들오들 떨고 있었다.

정님이네 집이 가까워지자 말다툼하는 소리가 들렸다.

"자꾸 와 이카는교? 퍼뜩 가소, 참말로 와 이카꼬? 누가 보요, 봐!"

"보기는 누가…… 봐. 다 오라 그래, 이 씨…… 아이고, 죽겠네. 푸부르르르……."

주춤주춤 다가갔다. 그리고 내 눈동자에 담긴 건 술에 곤죽이 된 아버지가 정님이 엄마의 발목을 붙들고 있는 모습. 길 가다가 전봇대에 받힌 기분이었다. 아버지가 오늘따라 더 딴 사람처럼 느껴졌다. 난 추위도 잊은 채 한참을 멍하니 서 있었다.

어느새 이웃집 아줌마들이 팔짱을 낀 채 정님이네 집을 기웃거렸다. 정님이 엄마는 아버지의 손을 뿌리치고 부엌으로 들어가 버렸다. 아버지는 횡설수설하며 담벼락에 오줌을 눴다. 그때 바람을 일으키며 누군가가 쌩 지나갔다. 엄마였다. 부엌으로 돌진한 엄마는 숨을 거칠게 몰아쉬며 정님이 엄마의 머리끄덩이를 쥐어뜯었다.

"이 천하에 못된 년! 오데 할 짓이 없어가. 어이쿠, 이 이 벼락 맞아 뒈질 년! 오늘 니 죽고 내 죽자."

엄마는 댕돌같은 정님이 엄마를 마구 후려쳤다. 정님이 엄마는 천부당만부당한 소리라고 주먹으로 가슴을 쳐댔다. 바로 그 순간이었다. 아버지의 무시무시한 손이 엄마를 패대기치고 만 건. 엄마의 떼꾼한 눈이 점점 커졌다.

"이기 미쳤나? 저리 비끼라."

아버지가 주위 시선은 아랑곳하지 않고 소리쳤다.

엄마는 실어증 걸린 사람처럼 입을 벌린 채 아무 말도 못했다. 그러더니 두 팔로 허공을 휘젓다가 땅을 치며 통곡했다. 비틀거리던 아버지는 그런 엄마를 발길로 걷어찼다. 한 번, 두 번, 세 번…… 있는 힘껏. 내가 뛰어들었다. 아버지는 주저하지 않고 나한테까지 발길질을 해댔다. 엄마가 나를 부둥켜안았다.

아버지는 조강지처를 버려 두고 정님이 엄마를 일으켜 세웠다. 정님이 엄마는 혀를 차며 아버지의 손을 뿌리쳤다. 난 확 돌아 버리기 일보 직전이었다. 온몸이 부들부들 떨렸다. 아버지 눈에 모래라도 한 줌 뿌리고 싶었다. 아니 그걸로는 성에 안 찼다. 낫이라도 들고 마구 휘두르고 싶었다. 휘둘러서 아버지도 베고 세상도 베어 버리고 싶었다.

아줌마들은 정님이 엄마를 냉정하게 쏘아보며 엄마를 부축해 갔다. 칵, 퉤! 가래침을 뱉고 가는 아줌마도 있었다. 그 치욕스러운 순간을 평생 잊지 못할 것 같았다. 난 혀를 빼물고 죽는 한이 있어도 결코 아버지를 용서치 않겠다고 맹세했다.

눈을 뜨니 아침이었다. 구름 한 점 없는 하늘에서 을씨년스레 바람이 불어왔다. 난 마루에 앉아 싸늘한 마당을 훑어보았다. 뒹구는 댓잎들이 꼭 아버지한테 버림받은 엄마와 우리 형제들 같았다. 버림받기 전에 아버지를 버렸어야 했다. 아니 지금이라도 늦지 않았다. 이제 야반도주가 아니라, 아버지한테 당당하게 이혼 통보를 하고 백주 대낮에 보란 듯이 떠나야 했다. 그런데 엄마는 이불을 덮어쓴 채 미동도 하지 않았다.

소와 개는 밥 달라고 난린데 누나와 형은 꼼짝 않고 방 안에 웅크리고 앉아 있었다. 영순이도 살풍경한 집안 분위기를 눈치챘는지 밥 달라고 다락다락 조르지 않았다. 또 괴로운 시간을 얼마나 흘려보내야 하나 생각하니 숨통이 조여드는 기분이었다.

아버지도 지은 죄를 아는지 사흘이 넘도록 술은 입에도 대지 않았고, 정님이네 집 근처로는 얼씬도 하지 않았다. 사람들의 쑥덕공론에 발끈하지도 않았다.

나흘째 되는 날, 아버지가 읍내 오일장에 다녀오더니 엄마 앞에 검은색 봉지를 툭 던졌다. 분홍색 속옷이 삐죽 튀어나왔다.

"돈이 썩어나는 모양이제?"

엄마는 무표정한 얼굴로 봉지를 휙 집어던졌다. 아버지는 조용히 방문을 열고 나갔다. 한참 뒤에 엄마는 속옷을 매만지다가 장롱 깊숙이 넣어 두었다. 아버지를 용서한다는 뜻이었다. 아버지는 엄마의 그런 물러터진 성격을 잘도 이용해 먹었다. 엄마는 아버지한테 백 번을 속고도 더 속을 사람이었다. 나만 울화통이 치밀어 올랐다.

*

"요새도 꿈꾸나?"
"무슨?"
"너그 애비 말이다."
"아니."

내 입에서는 자연스럽게 거짓말이 튀어나왔다. 한동안 서로 말이 없었다. 나는 영순이의 우상으로 추측되는 '서태지와 아이들' 브로마이드를 뚫어지게 쳐다보았다.

"하이고, 말도 마라. 신주단지보다 더 귀하신 분 아이가. 저번에 파리 잡을라꼬 파리채로 저 기생 오래비 겉은 머스마 얼굴을 탁 쳤디만, 지 에미 잡아묵을 듯이 뎀비더마. 숭악한 년. 뭐가 될라꼬, 참말로."

엄마가 어색한 분위기를 깨고 입에 거품을 물었다. 하지만 걱정하는 기색은 전혀 없었다.

"그나저나 니는……, 에이고, 아이다. 다 니 알아서 하겠지, 뭐."

"걱정 붙들어 매셔. 다 알아서 해."

난 엄마의 궁금증과 조바심을 해결해 주지 않은 채 슬며시 바깥으로 나왔다. 내 어설픈 연기를 엄마는 알아차렸을까?

"맨날 천날 그놈의 알아서 한다는 말은, 쯧쯧쯧쯧쯧."

엄마의 구시렁대는 소리가 마당에 뒹굴다가 겨울바람에 꽁꽁 얼어붙었다.

당장이라도 엄마의 품에 얼굴을 묻고 아버지 때문에 모든 걸 망쳐 버렸다고 대성통곡이라도 하고 싶었다. 하지만 난 엄마한테 위로를 받기 위해 호랑이 굴에 뛰어든 것이 아니다. 어쨌거나 아버지와 정면승부를 벌이기 위해서였고 죽이 되든 밥이 되든 시도는 해야 한다. 벼랑 끝이다.

9시 뉴스를 보는 동안 엄마는 자다 깨다를 반복했다. 나는 텔레비전 볼륨을 줄였다. 그러고는 천천히 일기장을 한 장 넘겼다.

6
혹

3월 4일

이제 6학년.
한 학년 올라갔지만 난 그대로 나다.
키도 그대로 생긴 것도 그대로.
그래도 아버지는 나잇값을 하라고 무리한 요구를 했다.
자기는 나잇값 하나? 첫!
하여튼 난 힘도 없고 어른도 아니니까 시키는 대로 해야 한다.
일 나갈 때 호미가 아닌 삽이나 괭이를 들어야 하고,
꼴 베는 양도 거의 배로 늘어났다.
일하다가 꾀병 부리거나 떼쓰는 행동은 아예 금지되었다.

학교에서는 좀 더 어려운 낱말과 계산을 배워야 했고,
선생님들은 후배들에게 모범을 보이라고 강조했다.
그리고 또! 엄마는 영순이를 잘 챙기라고 했다.
꼭 혹을 달고 다니는 기분이다.
그것도 아주 지독한 혹, 빵순이.
눈앞이 깜깜하다.
한숨이 많이 늘었다.

3월 17일

상길이 패거리한테 오백 원을 뺏겼다.
그걸 영순이한테 들켜 개망신을 당했다.
근데 영순이가 그 깡패 같은 새끼들한테 돌을 던져 나를 구해 냈다.
더 쪽팔렸다.
저녁에 영순이가 던진 돌멩이에 맞아 머리가 터진 놈 엄마가
우리 집으로 찾아왔다.
근데 아버지가 쫓아냈다.
그렇다고 아버지가 좋아진 건 절대 아니다.
영순이는 아무 벌도 안 받았다.

영순이도 아주 가끔은 쓸모 있는 애다.

영순이가 친구들에게 괴롭힘을 당하면 나도 돌을 던질 거다.

먹을 것 갖고 좀 싸우는 편이지만

그래도 우린 없으면 서로 좀 아쉽다.

영순이는 이 오빠한테 점수를 얻어서

이제 '지독한' 혹이 아니라 '그냥' 혹이다.

선생님은 가족이 있다는 건 태풍에도 꿈쩍 않는 울타리가 있는 거라고 말했다.

자랑할 거 하나도 없고, 가끔 부끄럽기도 하고,

그것 때문에 아주 가끔 가출도 하고 싶지만,

가족은 나에게 따뜻한 이불이 되어 준 적도 있다.

아버지는…… 아, 고민된다.

넣어 주려니 말도 안 되는 것 같고

빼려니 나만 나쁜 놈 되는 것 같다.

영순이는 3학년이 되어도 아주 막 나갔다. 한마디로 정의하면 눈치 없는 철부지 사고뭉치. 밥 먹다가 뿡, 방귀 뀌는 것은 예삿일이었다. 내 팔꿈치에 맞고도 미안한 표정 없이 볼이 미어터질 듯 밥을 퍼먹었다. 뻔뻔함의 극치였다.

학교에서도 유명했다. 전교생은 물론 선생님들까지도 혀를 내둘렀다. 해 다니거나 하는 꼴이 선머슴아 같다는 아줌마들의 눈은 정확했다. 입학하고 얼마 지나지도 않아 같은 반 남자애의 코피를 터뜨려 놓고, 까불면 죽는다며 협박을 한 뒤, 구경하는 친구들 앞에서 자랑스럽게 웃으며 손가락으로 '브이' 자를 그리더라는 소문은 이미 전설이 되었다. 그 얘기를 듣고 집에 가는 길에 난 영순이를 패서 울렸다. 오빠 무서운 줄 모르고 바락바락 대들기에 난 불끈 쥔 주먹으로 가슴을 떠밀었다. 영순이는 자갈길에 세게 엉덩방아를 찧고서야 목젖을 보이며 큰 소리로 울어댔다. 고집불통이긴 해도 주먹만 내밀면 겁을 먹곤 했는데, 언제인가부터 아예 구제 불능이었다.

춘보 아제는 내 고추를 떼어서 영순이 주고 난 치마나 걸치라고 놀렸다. 창피해서 얼굴이 벌게졌다. 사실 일 년 사이에 갑자기 커 버린 영순이는 덩치로 보나 하는 짓으로 보나 사내아이 못지않았다. 영순이의 키가 성큼성큼 어른 걸음을 할 때, 내 키는 아장아장 아기 걸음마 수준이었다. 게다가 내 몸은 날이 갈수록 수숫대처럼 빼빼 말라 가고 있었다. 그래도 난 영순이와 날 비교해서 하는 말들이 너무도 듣기 싫었다.

한번은 순기 엄마가 어기적거리는 순기의 손을 잡고 마당에 들어섰다.

"성님요, 성님 지십니꺼?"

엄마는 부엌에서 행주를 비틀어 짜며 나왔다.

"우짤라는교? 저 선머스마 겉은 가스나 때문에 우리 아 큰 탈

나믄."

"밑도 끝도 없이 무신 말이고? 찬찬이 말해 보거라."

"남사시러버서 어데 가서 말도 몬해요. 아니, 저 가스나가요. 지 심부름 안 했다꼬 우리 아 봉알을 걷어차뿌맀다 안 캅니꺼?"

순기 엄마는 울화가 치민다는 듯 연거푸 가슴을 쳐댔다.

순기는 영순이의 종이었다. 영순이의 덩치와 주먹과 말발에 눌려 기를 못 폈다. 책가방 들어주기와 심부름 정도는 약과였다.

엄마는 빗자루 몽둥이를 들고 마루로 올라갔다. 밥그릇을 다 비우고, 꺽 아버지처럼 트림을 한 영순이는 잽싸게 샛문으로 달아났다. 그러면서 얼굴색 하나 안 변하고 쫑알쫑알 입을 놀렸다.

"오줌이나 싸는 더러븐 긴데 와 저리 야단이꼬? 치."

"가스나 저 저 저 말하는 꼬라지 좀 보소. 참말로 숭악한 년이네."

순기 엄마는 놀란 황소 눈으로 영순이를 째려보았다.

"순기 너 개새끼, 직이쁜데이."

영순이가 도끼눈으로 톡 쏘아붙이자, 순기는 자기 엄마의 펑퍼짐한 엉덩이에 착 달라붙었다. 순기 엄마는 사정조로 달래는 엄마 얼굴을 봐서 일단 발길을 돌렸다.

그날 영순이는 눈물이 쏙 빠지도록 엄마한테 두들겨 맞았다.

"이눔으 가쓰나가 언제 인간 되꼬, 으이?"

"그라믄 내가 뭐 똥개가? 똥돼지가?"

울먹이면서도 또박또박 말대꾸하는 꼴이 해괴망측했다.

"말하는 뽄새 봐라, 어데 잘했다꼬! 지 애비 닮아 가지고, 쯧쯧쯧쯧."

내가 제일 싫어하는 소리를 듣고도 영순이는 별로 신경 안 썼다.

"심부름 안 했다꼬 때린 거 아이다. 나 보고 '빵순아, 빵 하나 도라.' 카면서 약 올리고 도망치서 복수한 긴데, 씨. 와 자꾸 나만 뭐라 카노!"

"요놈오 조댕이, 요놈오 조댕이!"

엄마는 손으로 영순이의 입을 톡톡 쳤다. 난 고소해서 웃음이 쿡쿡 터져 나왔다. 하지만 영순이의 벌겋게 달아오른 볼과 얼룩진 눈물과 툭 튀어나온 입술을 보니 약간 불쌍하기도 했다.

"가시나 저거 핏덩거릴 때 덕석에 또올똘 말아가 저짝 또랑에 내삐리는 긴데…… 쯔즛."

아버지는 불콰한 얼굴로 벙그레 웃으며 영순이를 가지고 놀았다.

"그때 안 버리고 아빠는 지금 와가 뭐라 카는데. 왜! 왜! 왜!"

영순이는 있는 대로 꼴값을 떨었다. 아버지한테 겁 없이 대드는 애는 영순이뿐이었다. 그 무모한 용기는 내 부러움을 사기에 충분했다.

따지고 보면 이런 건 사고 축에도 안 들었다. 그걸 증명이라도 하듯 며칠 뒤, 대형사고가 터졌다.

짝꿍 수만이와 교실 뒷정리를 끝내고 집에 가는 길이었다. 아침에 주번인 줄도 모르고 지각했다가, 남아서 벌을 서고 쓰레기통까지 씻었다. 수만이도 똑같이 늦어서 미안한 마음은 없었다.

"도시락, 내일 보자."

성이 도 씨라 붙여진 별명이었다.

"어, 기범아. 자 잘 가레이."

수만이의 더듬거리는 말투는 어떤 안도감을 줄 정도로 푸근했다.

갈림길에서 우리는 헤어졌다. 혼자였다. 기다리던 호준이와 상태는 선생님한테 쫓겨서 먼저 가고 없었다. 개학과 동시에 수원에서 전학 온 호준이는 우리와 금방 친해졌다. 아랫마을 밤골에 사는데도 맨날 우리 마을에 와 우리와 뭉쳤다. 세 명이 나란히 걸으면 꽉 찬 느낌이던 신작로가 운동장만큼 넓어 보였다.

변덕스러운 날씨였다. 아침엔 구름 한 점 없더니 비가 올락 말락 했다. 손을 뒤로 돌려 촐랑대는 가방을 고정하고 막 달렸다. 서낭당 고개를 넘고는 윗마을 버실로 질러갔다. 난 그게 잘못된 선택이라는 걸 곧 알아챘다.

개구리를 가지고 놀던 버실 애들이 길을 떡 가로막았다. 사악하기로 소문난 5학년 애들 네 명. 난 기선을 제압하기 위해 입을 쩍 벌리고 소리를 질렀다.

"비끼라!"

하지만 생각만큼 소리가 크지 않았고 말끝이 떨리기까지 했다. 녀석들은 한쪽 입꼬리를 추어올리며 삐딱하게 나왔다.

"못 비긴다. 어쩔 낀데, 어?"

"야, 너 너것들 5학년 아이가?"

"근데?"

"내는 6학년이다, 비끼."

"안다. 6학년인 거. 그라고 그 존나 싸가지 없는 까시나 오빠라 카는 것도 알고."

대장격인 상길이가 개구리를 패대기치며 빈정거렸다. 인상을 쓰면 꿈틀대는 눈썹이 상당히 위협적이었다. 곁눈질로 개구리를 보니 배를 뒤집은 채 사지를 바들바들 떨고 있었다.

"그라고 또! 너그 아부지 바람난 것도 안다. 그 못생긴 아줌마하고, 큭큭!"

그 수치스러운 소문이 이웃마을에까지 파다하게 퍼진 줄은 꿈에도 몰랐다. 가슴이 뻥 터져 산산조각이 날 것 같았다. 비가 내리기 시작했다.

"올레리꼴레리, 올레리꼴레리!"

애들이 합창을 하기 시작했다. 난 이를 바득 갈면서 애들 사이를 비집고 나갔다. 그때 상길이가 우악스레 내 어깻죽지를 잡았다.

"성님, 불쌍한 동상들 배고푼데 빵값 좀 적선하십쇼."

연속극에 나오는 깡패 흉내를 내고 있었다. 가슴이 벌렁댔다. 누가 시비를 걸면 늘 그랬다. 싸움 선수인 아버지의 피는 기철이 형과 영순이만 물려받은 모양이었다.

"나, 돈 없어."

"그렇십니꺼, 성님? 가방 검사 좀 해도 되겄지요?"

"너그들 우리 기철이 성아 알믄 크은일 난데이."

형이 알면 등신 쪼다라고 무시할 게 뻔했지만, 난 중학생 형을 끌어다 붙였다. 우선은 위기를 모면하는 게 급선무였다.

"내는 고등학생 성아 있는데, 함 해 보까?"

상길이는 능글맞게 웃으며 끈질기게 물고 늘어졌다. 난 가방을 벗는 척하다가 전력 질주했다. 빗발이 세졌다.

"앗쭈, 조 새끼 봐라. 튄다 이기제?"

흙탕물이 마구 튀고 신발에 물이 들어와 질척거렸지만 상관하지 않았다. 하지만 얼마 못 가 상길이한테 붙들리고 말았다.

"니까짓 게 뛰어 봤자 벼룩이지."

상길이는 의기양양 소리를 내질렀다. 가슴이 두방망이질 쳤다. 내 가방 안주머니엔 친구들 군것질할 때 침을 꼴딱꼴딱 삼키고 아껴 둔 오백 원이 숨겨져 있었다. 상길이가 입술을 쫙 펴며 소름 끼치게 웃었다. 내 금쪽같은 돈을 발견한 것 같았다. 그때였다.

"야, 너것들 뭔데? 이 미친놈들아!"

천하의 강심장 영순이였다. 우산을 들고 오다가 오빠가 당하는 꼴을 본 것 같았다.

"저건 또 뭐꼬? 아하, 난 또 누구라꼬."

상길이는 별게 다 성가시게 군다는 투로 말했다.

"너것들이 뭔데 울 오빠 괴롭히는데, 이 나쁜 새끼들아!"

"저 까시나 듣던 대로 억쑤로 싸가지 없다. 완전 맛 갔네."

"저 머시마 새끼가 돌았나? 돌콩만 한 기 칵, 직이삘라. 퍼뜩 울 오빠 안 놔 주나?"

상길이 패거리가 씩씩대며 영순이 쪽으로 몰려갔다. 영순이의 자연스러운 욕설에 당황하고 있던 나는 내동댕이쳐진 가방을 챙겨들고 영순이 쪽으로 이동했다. 영순이는 길바닥에서 잽싸게 자갈을 주워 막무가내로 던져 댔다. 얼마 뒤 상길이 패거리 중 한 명이 무릎을 꺾고 털썩 주저앉았다. 두 손으로 이마를 감쌌다. 피가 콧잔등을 타고 주르륵 흘러내렸다. 영순이와 난 상길이 패거리가 방심한 틈을 타서 냅다 토꼈다.

영순이한테는 두둑한 배짱이 왜 나한테는 없는지 몰랐다. 싸움을 먼저 걸 필요는 없지만, 어떤 위협으로부터 나 자신을 방어할 줄은 알아야 했다. 그럼에도 난 쌍욕이나 주먹 앞에 늘 주눅이 들었다. 아까 땅바닥에 패대기쳐진 개구리는 사실 내 모습과 흡사했다.

마을 어귀에 접어들었다. 할딱거리는 숨을 고르며 넌지시 영순이를 바라보았다. 비에 젖은 머리카락이 이마에 찰싹 달라붙어 있었다. 좀 예뻐 보였다.

"아까…… 박 터진 아 괘않은가 몰루겠다."

"고까짓 꺼 갖고 안 죽는다, 오빠야."

정신을 차리고 보니 영순이가 내 어깨를 토닥이며 사내대장부인 척했다. 오빠에 대한 예의라고는 도대체가 없는 계집애였다. 씁쓸했다. 구름이 비끼고 이내 비가 그쳤다.

저녁을 먹으며 난 내 몫의 달걀부침을 영순이 밥 위에 슬쩍 올려놓았다. 그때, 귀에 선 목소리가 다급하게 들려왔다.

"보소, 보소. 좀 나와 보소!"

엄마는 국을 뜨던 숟가락을 그대로 놓고 마루로 나갔다.

"여게가 권기범이라 카는 아 사는 집 맞는교?"

난 가슴이 철컹했다.

"무신…… 일인교?"

"이리 와라, 이 썩을 놈아. 뭐하고 자빠졌노? 자, 우리 아 좀 보소. 그 집 장한 아들내미가 이랬다 카네요."

아줌마는 자기 아들의 얼굴을 백열등 밑으로 들이밀며 이마에 난 상처를 보여 주었다. 영순이는 맨발로 샛문을 통해 슬그머니 부엌으로 빠져나갔다. 난 엄마가 부르는 통에 엉겁결에 마루로 나갔다. 돌계단 쪽에서 상길이 패거리가 신발로 땅을 툭툭 차고 있었다.

"엄마, 자 아이다. 자 동생 까시나가 그랬다."

"뭐라꼬? 어이구 이 등신 겉은 놈아! 그라믄 가쓰나한테 얻어 터졌단 말이가. 참말로 남사시러버서. 그건 그렇고, 우리 아 우 짤끼요, 야? 아이고, 마빡 숭지겄네 이거."

"우리 아이들이 그란 데는 그만한 이유가 안 있겠소?"

난 엄마의 자식에 대한 무한한 신뢰에 감동 먹었다.

"이유는 뭐 이유요? 그리 안 봤디만 참말로 뻔뻔시럽네, 으 이!"

멍청하게 있다간 엄마가 큰 낭패를 볼 것 같았다. 난 엄마 뒤에서 몸빼를 부여잡았다. 그러고는 눈을 내리깔고 기어드는 목소리로 떠듬떠듬 말하기 시작했다.

"그 그기 아인데요."

아줌마의 눈이 휘둥그레졌다.

"뭐가 아이란 말이고? 똑똑히 말해 보거래이!"

"상길이 자하고 아이들 몇 맹이…… 내 내가 집에 갈라 카는데…… 길 딱 막고, 도 돈 돌라 캤어요. 나보다 나이도 적은 것들이. 없다 카니까 가방 뺏들고……, 그때 우리 영순이가 내 우산 들고 왔는데…… 와 그라냐꼬 막 따지니까, 야들이…… 우 우리 때릴라 캐서, 돌삐 던지고……."

자존심이 있지 상길이 패거리가 아버지가 바람피운 걸 가지고 놀려먹었다고 차마 발설할 수는 없었다. 아줌마는 떡 벌어진 입을 다물지 못했다.

"그라고요……."

"뭣이 또 있나?"

"내 오백 원……."

"어휴, 이 쎄빠질 놈들아. 어데서 못된 짓만 골라 처배와 갖고, 어휴…… 복장 터져 내가 못 살아!"

아줌마는 속상한 듯 주먹으로 자신의 젖가슴을 터질 듯이 내려쳤다. 그러더니 아들의 엉덩이를 사정없이 후려쳤고, 그것도 모자라 뻘건 이마를 쥐어박았다. 왜 내 오백 원 이야기는 안 꺼내는지 몰랐다.

"아무리 그캐도 그렇지, 돌삐를 갖고 아아들한테 던지믄 되겠소? 딸내미 조심 좀 시키소. 가쓰나 그거 참 못 쓰겠네, 쯧."

아줌마는 끝까지 훈계조로 말했다. 아마 상태 엄마라면 '똥 싼 놈이 썽 낸다 카더마는 깡패 자슥 키운 거 자랑하나, 으이.' 하며 목에 핏대를 세우고 대들었을 거다. 하지만 엄마는 조용히 한숨만 쉬었다.

"와 아무 말이 없이꼬? 지금 내 말이 말 같지 않다, 이 말인교? 좋게 좋게 끝낼라 캤다만 안 되겠네, 이거."

아줌마가 다시 눈에 쌍심지를 켜고 삿대질을 했다. 쉽게 물러날 것 같지 않았다.

그때 마침 아버지가 고주망태가 되어 돌아왔다. 애창곡 조용필의 「한 오백 년」을 부르면서. 순간 하고 싶은 거 다 하고 사는 아버지한테 무슨 한이 있느냐고 따지고 싶었지만, 참았다. 영순이와 내가 묵사발 당하는 장면을 목 빠지게 기다리던 상길이 패거리가 화다닥 흩어졌다. 영순이가 쏜살같이 뛰쳐나가더니 상길이 패거리한테 혀를 쏙 내밀고 주먹을 내지르고 발길질을 해댔다. 그러고는 아버지 등을 떠밀면서 뭐라고 조잘댔다.

"누꼬?"

영순이로부터 보고를 받은 아버지는 다짜고짜 지게 작대기를 집어 들고는 버럭 소리를 질렀다. 아줌마는 움찔하더니 뒤로 주춤 물러났다.

"누가 넘으 집에 와가 이래 소란을 피우노, 씨부럴! 여가 너그 집 안방이가!"

화들짝 놀란 아줌마는 뒤도 돌아보지 않고 돌계단을 뛰어 내려갔다.

그랬다. 이곳은 남의 집이 아니라 우리 집이었다. 잠시 우리 집이 그나마 세상에서 제일 안전한 곳이라는 생각이 들었다. 하지만 제일 안전해야 할 곳이 아버지라는 인간 때문에 자주자주 불안했다. 난 그 모순이 좀처럼 이해가 되지 않았다.

"아빠 아니었으믄 큰일 날 뻔했다. 아빠, 대낄이! 짱!"

영순이는 아버지를 마루에 눕히고 팔을 주무르면서 열심히 알랑방귀를 뀌었다. 영순이는 아버지를 겁내지 않을 뿐 아니라, 아버지한테 '아빠'라고 부르고 반말까지 했다. 그게 다가 아니었다. 아버지랑 장난도 쳤고, 아버지를 걱정하고, 좋아하기도 했다. 그건 나한테 세계 7대 불가사의보다 더 불가사의한 일이었다.

그걸로 사건이 싱겁게 끝난 건 아니었다. 여전히 상길이 패거리는 약한 상대만 골라 길을 가로막고 통행세를 내라고 행패를 부렸다. 그러다가 상길이 패거리가 별안간 고분고분하게 변한 일이 있었다. 영순이가 내게 귀띔을 하지 않았다면 난 오랜 시간 고개만 갸우뚱거렸을 것이다.

영순이가 순기를 데리고 버실에 사는 윤제네 집에 놀러간 날이었다고 했다.

"근데 해필이믄 윤제 그 머시마 집 근처에 상길이 그 썩을놈하고 쫄따구들이 있다 아이가. 그래가 순기한테 딱 지키라 카고 따른 길 찾아볼라꼬 비잉비잉 돌아댕깄거덩."

영순이는 계속 새실새실 웃었다.

"윤제 머시마 집 담배락을 딱 넘을라 카는데, 그때 있잖아, 언제 고까지 왔는지, 상길이 그 썩을놈이 히히, 바지 까내리고 흐흐, 오줌 눌라 카더라. 그래서 내 다 봤대이."

영순이는 오줌을 누고 오스스 몸을 떠는 상길이의 눈과 맞닥뜨렸다고 했다. 상길이는 번데기처럼 오그라든 고추를 그대로 드러낸 채 한참을 멍하니 서 있었단다. 정신을 차린 상길이는 바지를 추스르자마자 영순이의 팔을 붙잡고 늘어졌고.

"근데 그 썩을놈이 내보고 '야, 까시나야. 니 내 꺼 봤다꼬 안 카믄, 시 시키는 대로 다 하께.' 이카는 거 있제? 그래가 내가 '뭐, 까시나야?' 하고 따지 물었거덩? 카니까 무릎까지 꿇더라."

나는 그 무용담을 들으며 마치 내 고추를 영순이한테 들킨 것 같아 얼굴을 들 수가 없었다.

"근데 기범이 오빠야, 그 머시마는 그거 본 기 뭐 그리 부끄럽다꼬 그카는지 몰루겠다. 내는 순기 꼬치도 마이 봤는데."

난 얼굴에 불이 날 것 같아 자리를 얼른 피하고 말았다.

그때부터 상길이는 영순이 말에 입도 뻥끗 못했다. 영순이가 눈에 띄기만 하면 슬슬 자리를 피했다. 더 이상 우리 마을 아이들을 괴롭히지도 않았다. 그 사건 이후로 영순인 개선장군처럼 행세했다. 창자가 배배 꼬이는 것 같았지만 난 꾹 눈감아 줬다.

*

새로 시작하는 미니시리즈를 본다던 엄마는 입으로 푸푸 소리를 내며 가볍게 코를 골고 있었다. 나는 이불깃을 여며 주고 형광등을 껐다. 그러고는 까치발을 한 채 마루로 나왔다.

아버지의 방 앞에서 맨발을 한 채 옹크리고 섰다. 병든 아버지가 말년을 보냈던 방. 아버지가 떠나고 난 이 방을 의식적으로 금기시해 왔다. 하지만 손아귀에 잡힌 일기장은 이제 아버지의 방으로 들어가 보라고 속삭였다.

드르륵, 방문을 열었다. 온몸을 덮쳐 오는 어둠. 발바닥에서부터 올라와 가슴을 훑는 한기. 안개 낀 공동묘지에 서 있는 듯 오싹한 느낌. 누워 있는 아버지의 퀭한 눈이 나를 쏘아보는 것 같았다. 지린내와 퀴퀴한 곰팡내가 코를 찌르는 것 같았다. 소름을 떨치며 서둘러 형광등을 켰다. 방을 휘둘러보았다. 이불이 정갈하게 깔려 있었다. 방바닥은 지글지글 끓고 있었다. 가슴속에 스며들었던 한기가 실은 온기였음을 뒤늦게 깨달았다. 눈길 닿는 데마다 아버지의 흔적이 툭툭 불거져 나왔다. 주인 없는 방에서 후줄근한 얼굴로 나를 맞는 벽지. 담배를 몇 보루나 쌓아 두었던 선반. 악귀를 쫓는다며 걸어두었던 개두릅나무 가지. 그곳에서 아버지와의 악전고투가 흑백영화처럼 눈앞에 펼쳐졌다. 난 최면에 걸린 듯 이불 속에 몸뚱이를 구겨 넣었다. 그리고 다시 일기장을 펼쳤다.

7
삼총사

4월 9일

나는 학교가 참 좋다. 집과 뚝 떨어져 있다는 이유만으로.
몇몇 애들이 분위기를 망치고 짜증나게 하기도 한다.
하지만 어딜 가나 그런 애들은 꼭 있기 마련이니까 크게 불만은 없다.
그걸 빼면 학교는 천국이다, 집에 비해.
그래서 아파도 절대 조퇴 안 한다.
한 가지 더! 학교에는 남영지가 있다는 사실.
학교까지 질질 끌고 간 골칫거리 때문에 머리가 깨질 듯하다가도,

사뿐사뿐 지나가는 남영지를 보면 내 마음에 해가 뜬다.

나는 영지가 영순이나 영진이 누나처럼 '영'자 돌림이라 더 좋다.

왠지 운명처럼 느껴진다.

어른들이 내 마음을 알아챈다면

대가리에 피도 안 마른 놈이 어쩌고저쩌고하면서

세상 말세라고 할지 모르지만.

상관없다. 이 일기장을 안 들키면 되니까.

선생님은 얼굴만 보면 그 사람의 마음까지 읽어낼 수 있다고 한다.

그럼 남영지의 마음은 햇볕 쨍쨍 맑음일까? 난 우중충한 흐림이고?

그게 진짜라면 손바닥으로 얼굴을 가리고 다녀야겠다.

내 얼굴에는 분명히 술고래 아버지와 가난이 꼬질꼬질 묻어 있을 테니까.

그래서 난 학교에서 머릿속에 있는 집 생각을 끄집어내고 그 자리에 다른 걸 채워 넣는다.

얼굴에 아무 표시도 안 나게.

그래서 청소 시간에 꾀도 안 부리고,

땡볕에 잡초를 뽑을 때 싫은 티도 안 낸다.

선생님들은 내막을 잘 모르고 솔선수범하는 학생이라고 칭찬이

자자하다.

좀 찔린다.

4월 12일

아침에 상태가 운동화를 자랑하는 바람에 기분이 다 잡쳤는데,
오후에는 구름 타고 두리둥실 흘러가는 기분이었다.
오늘은 유리창 깨뜨려서 좋은 날.
세상에 이런 일이 다 있다니.
세상에 있는 운이나 재수는 나하고 상관없다고 생각했는데.
세상은 내 뜻대로 되는 게 한 개도 없는 것 같으면서,
생각지도 못했던 일이 나를 깜짝깜짝 놀라게 한다.
세상이 그런 거라면 언젠가 아버지 덕 보는 일도 생길까?
그래서 행복해지는 일도 생길까?
운동화가 생기지는 않아도, 집에 돌아가는 게 학교 가는 것보
다 싫어도,
오늘 기분만은 진짜 최고다.
가장 중요한 사실은 남영지도 내 편을 들어줬다는 거.
혹시 설마…… 남영지도 나를?

날이 갈수록 푸나무에 물이 올랐다. 벌판은 온통 싱그러운 풀빛으로 채워졌다. 하지만 이상하게 나만 지나가면 풀빛은 우중충하게 변했다. 아버지가 어제 또 한바탕 했기 때문이었다. 엄마가 아버지 면사무소에 가는 날 푸닥거리를 계획했는데, 영순이가 입방정을 떠는 바람에 시작도 못해 보고 수포로 돌아간 거였다. 아버지는 그럴 돈 있으면 당장 내놓으라고 엄포를 놓았고, 장롱을 다 헤집어 놓았다. 영순이의 주둥이를 바늘로 촘촘히 꿰매 버리고 싶은 날이었다.

"이거 진짜 가죽이데이."

학교 가는 길, 상태가 자갈 하나를 힘껏 차며 말했다. 아플 텐데도 웃고 있었다. 상태의 새 운동화가 눈부셨다. 형이 신던 신발을 물려받은 난 속이 엄청 쓰렸다. 아! 아버지가 몇 번만 술을 참는다면, 나한테도 새 운동화가 생길 텐데. 나는 인조가죽이라도 괜찮은데.

청소 시간이었다. 내가 맡은 구역은 운동장 쪽 유리창. 난 창틀에 힘차게 뛰어올랐다. 엄마가 구멍 난 양말로 꿰매 준 유리창 닦개는 효과 만점이었다. 입김을 호호 불어가며 얼룩진 유리창을 빡빡 닦았다. 술고래 아버지와 가난이 묻어 있을 것 같은 내 얼굴도 깨끗이 닦아낼 수 있다면 얼마나 좋을까, 생각하면서 온 힘을 주었다.

바로 그때 손목 힘이 쑥 빠지면서 와장창, 유리창이 박살

났다.

애들이 우르르 몰려들었다. 경필이와 그 졸때기들은 박수를 치며 온 교실 바닥을 누비고 다녔다.

"째앵그랑, 째앵그랑! 권기범이가 권개범이가 사고 쳤대요, 사고 쳤대요."

먹물을 뒤집어쓴 듯 눈앞이 깜깜했다.

"신경필, 조용히 못햇! 뭐가 그렇게 신 나, 인마. 어?"

선생님이 싸리나무 회초리를 들고 다가왔다. 난 바닥에 흩어진 유리 조각을 줍기 시작했다. 아버지 몰래 유리창값 달라고 엄마한테 손 내밀 걱정을 하니 암담했다. 작년, 학교 선풍기 프로펠러를 깨먹은 기철이 형의 극비가 발각되는 통에 집 안이 발칵 뒤집힌 일이 있었다. 하필이면 아버지가 술에 떡이 된 날. 아버지는 집안 돈 다 갉아먹는다고 지게 작대기를 마구 휘둘렀다. 그러다가 기철이 형 어깻죽지에 피멍 든 적이 있었다. 그 생각에 난 바짝 긴장했다.

"어디 다친 덴 없냐?"

"예? 아, 예."

"빗자루하고 쓰레받기부터 가져와."

난 명령대로 재깍 움직였다.

선생님은 직접 청소를 했다. 난 황송해서 어쩔 줄 모르고 고개를 푹 숙인 채 처분만 기다렸다. 선생님이 손바닥을 열 대 때리고, 그래도 화가 안 풀려 머리를 세게 내려치더라도 찍소리 안 할 생각이었다.

청소를 다 끝낸 뒤 우린 자리에 도로 앉았다. 선생님은 우리를 뚫어지게 쳐다보더니 무겁게 입을 뗐다.

"오늘 기범이가 유리창을 깬 건 고의가 아니다. 명백한 실수다. 선생님이 봤어. 열심히 청소하다가 손에 힘을 너무 많이 줘서 깨진 거야."

애들이 웅성거렸다.

"조용! 해서 유리창값은 안 내도 좋다. 기범이는 그런 의미에서 다음부터는 더더욱 조심하도록. 알겠냐?"

"예에."

난 사고를 치고도 가슴 졸일 필요가 없다는 사실에 기분이 얼떨떨했다. 지난주 재영이가 유리창을 깼을 때는 손바닥을 다섯 대 맞고, 손들고 한 시간 벌을 서고도 방과 후에 변소 청소를 해야 했다. 난 선생님의 은혜에 꼭 보답하고 싶었다.

호준이와 상태와 난 운동장을 가로질렀다. 음악 시간에 배운 노래가 절로 흘러나왔다. 홀가분한 마음으로 막 교문을 벗어났을 때였다.

"야, 개범이! 니 슨생하고 뭐 되나? 유리창 개박살 냈는데 잘도 넘어가대? 꼴에 서기라꼬 봐주는 거 아이가?"

족제비 재영이였다. 호빵 방호와 함께 껌을 떽떽 씹고 한쪽

다리를 달달 떠는 꼴이 한눈에 봐도 불량기가 철철 넘쳤다. 그 뒤에 떡 버티고 있는 경필이만 믿고 거들먹대는 거였다.

"그기 아이고…… 나는 그냥 열심히 청소하다가……."

"야, 조재영! 무슨 말을 그렇게 하냐?"

호준이가 내 말을 채뜨리고 나섰다.

"박호준! 니는 빠져라, 쫌. 아무 데나 낑기지 말고, 새꺄!"

"넌 저번에 경필이하고 방호하고 장난치다가 유리창 깬 거잖아. 그리고 수만이한테 덤터기 씌우려고 하다가……"

"눈깔 뺐나? 증거 있어? 증거 있냐고, 새꺄!"

"너 지금 아까 기범이가 선생님한테 벌 안 받았다고 열 받아서 이러는 거지?"

족제비가 호준이의 가슴을 턱 밀었지만 호준이는 전혀 주눅들거나 떨지 않았다. 대단했다.

"잘난 척 쫌 고마 해라이 새꺄, 어? 말투도 존나게 재수 없는 기. 도시에서 온 거 티내나? 움움! 올라올라 칸다."

"야, 남자가 쩨쩨하게 그러지 마."

"대신 니가 죽어 볼래? 언제 손 좀 봐 줄라 캤는데 오늘 잘 걸렸다, 이 새끼."

재영이가 호준이의 멱살을 잡더니 발을 걸어 넘어뜨렸다. 그 상황에 상태는 빛의 속도로 교문을 향해 뛰어 들어갔다. 경필이가 험상궂게 상태의 뒷모습을 노려보았다.

멍청하게 넋 놓고 있을 때가 아니었다. 난 족제비의 머리통을 싸쥐고 뒤로 젖혔다. 배트작배트작 몸을 못 가누던 호준이가 용케 족제비의 몸에 올라탔다. 하지만 호빵과 경필이가 싸움에 끼어들면서 금세 역전 당하고 말았다. 호준이와 난 신작로에 깔렸고, 족제비는 신작로에 있는 자갈을 집어 들었다.

그때였다.

"야, 신경필! 니 지인짜 실망 실망 대실망이다."

은해와 손잡고 가던 영지가 경필이를 째려보며 말했다. 경필이는 스르르 손아귀의 힘을 풀었다. 그리고 벌게진 얼굴로 말을 더듬거렸다.

"아 아니 그기 아이라, 이 새끼들이 자꾸 까 까불라서……."

"아무리 그캐도 사람을 때리나? 그것도 비겁하게 돌삐로? 힘자랑할 때가 그리 없나, 너그는?"

"난 돌삐로 안 그랬는데……."

경필이가 말을 얼버무리고 자리를 뜨자, 족제비와 호빵이 뒤를 따랐다. 앓던 이가 쏙 빠지는 기분이었다.

"남영지! 다시 봤다."

호준이가 내 옷에 묻은 흙먼지를 털어 주면서 말했다. 나는 고맙다는 인사도 못하고 멍하게 서 있기만 했다. 내 자신이 한심했다. 그때 상태가 할래발딱 뛰어왔다.

"암만 찾아도 슨생님 없더라. 그란데 다 가뼀나? 너그가 이깄나, 어?"

혼자 호도깝스럽게 굴던 상태는 호준이 옷을 털며 감탄했다. 도저히 안 믿긴다는 표정이었다. 영지가 촐랑대던 상태한테 눈을 흘기고는, 나를 향해 손을 흔들었다.

"잘 가, 안녕!"

영지의 말소리에 상큼한 풀 냄새가 났다. 난 그 풀 냄새에 중독되는 기분이었다. 아침에 우중충하게 보이던 풀들이 다시 싱그럽게 보였다.

우리 삼총사는 가방을 둘러메고 산길로 접어들었다.

"쪼매만 더 있었으믄 내가 깽삐리하고 쪽제비하고 호빵 그 새끼들 코를 납작하게 해 주는 긴데. 으아, 아깝다!"

상태가 가슴을 치며 진짜로 아까운 척했다. 그러더니 갑자기 가방을 들어 준다고 제안했다. 호준이와 난 일 년에 한 번 있을까 말까 한 기회여서 굳이 사양하지 않았다.

푸드덕 꿩이 날아올랐다. 패랭이꽃과 오이풀이 긴 목을 흔들며 알은척을 했다. 풀잎에 붙어 있던 청개구리도 툭 튀어나오며 인사를 했다. 영지가 나한테 인사한 것처럼 상큼하게.

문득 우리 삼총사만 있으면 세상 겁날 게 없다는 생각이 들었다. 난 우리의 우정이 송진보다 더 끈끈함을 느꼈다. 가끔은 사소한 일로 다투고, 무언가를 먼저 차지하려고 경쟁도 벌였지만, 금세 우정을 회복했다. 그러면서 생긴 생채기는 아물고 아물어

우정은 더 딴딴해졌다. 만약 경필이 패거리가 또 우릴 노리면, 그땐 내 코가 깨지더라도 팔뚝을 물고 늘어지리라 결심했다. 그러다가 엄마한테 미안한 생각이 들어 갑자기 우울해졌다. 아버지가 엄마를 때릴 때 난 왜 꼼짝할 수 없을까? 코가 깨지고 다리가 부러지더라도 엄마를 보호하는 게 자식 된 도리였다. 그걸 알면서도 기철이 형이 아버지한테 대들다가 얻어터지는 걸 본 다음부터 몸이 얼어붙은 듯 움직여지질 않았다. 그러다가 진짜 엄마가 다쳐 병원에 입원이라도 하거나 아주 잘못되기라도 하면……. 나는 거기까지 생각하고 머리를 마구 흔들었다.

8
철천지원수

5월 11일

정님이 엄마랑 우리 엄마랑 싸웠다.
다 정님이 엄마 잘못이다.
왜 괜히 나를 건드려 가지고.
엄마는 정님이 엄마 일이라면 이를 간다.
그나마 아버지가 읍내에 간 날이라서 천만다행이다.
근데 약간 불안하다.
사람으로 둔갑한 구미호, 정님이 엄마가
아버지한테 다 고자질하면 우리 엄마는 큰일 날 텐데.
그건 그렇고 난 영진이 누나가 이해가 안 된다.

어떻게 철천지원수의 집 딸인 정님이하고 사이좋게 지낼 수가 있을까?

하도 열 받아서 오늘은 막 따졌다.

근데 누나가 슬픈 얼굴로 엄청 기쁜 소식을 전했다.

제발 그렇게 되라.

아침나절, 밭일을 하던 아줌마들이 정자나무 밑에 앉아 한숨을 돌리고 있었다. 그러면서 머릿수건을 벗어 이마에 맺힌 땀을 닦거나 신발 속에 들어간 흙을 털어냈다.

"기범아. 저어짝 새미에 가서 바가지에 씨원한 물 쫌 떠 오니라."

보나마나 정님이 엄마였다. 상태와 호준이와 나 이렇게 셋이 있어도 정님이 엄마는 유독 나한테만 심부름을 시켰다. 잘 보여도 모자랄 판에. 지난번 그 사건 이후로 나는 정님이 엄마의 심부름을 아예 무시했다. 절대 그럴 일 없겠지만, 혹시 정님이 엄마가 아버지하고 결혼하게 되더라도 난 죽으면 죽었지 계모로 인정하지 않을 거였다.

"퍼뜩 안 갔다 오고 뭐하노?"

나는 코대답도 안 하고 잠자리 잡는 일에만 열중했다. 그게 정님이 엄마의 심기를 건드린 모양이었다.

"야 이눔아, 귓구녕이 맥혔나!"

정님이 엄마가 수건을 내던지며 벌떡 일어섰다. 정자나무 가지에 쉬고 있던 오목눈이 한 마리가 깜짝 놀라 날아갔다.

"저런 싸가지 없는 놈은 버르장머리를 단디 고치 나야 되는 기라, 아암."

정님이 엄마가 주위 아줌마들의 동의를 얻으려는 듯 큰 소리로 말했다. 하지만 아줌마들은 이맛살을 찌푸린 채 점심 차리러 가야 한다며 자리를 털고 일어났다.

난 정님이 엄마를 더 열 받게 하자는 요량으로 별일 아닌 일에 과장되게 웃어젖혔다. 계획대로 됐는지 정님이 엄마는 삭정이를 하나 주워 눈을 부라리고 성큼성큼 걸어왔다.

"이눔으 시키, 고마 봉알을 똑 떼삐 끼다."

그때서야 난 잡았던 잠자리를 놓아주며 잽싸게 달아났다. 그러다가 재수가 없어 돌부리에 걸려 넘어지고 말았다. 손바닥이 따끔거렸다. 설상가상으로 흥분한 멧돼지처럼 날뛰던 정님이 엄마한테 붙잡혀 볼기짝을 수차례 얻어맞았다. 상태는 시키지도 않았는데 그 사실을 엄마한테 있는 그대로 고해 바쳤다. 정님이 엄마를 마을에서 추방시킬 빌미만 찾고 있던 엄마로서는 더할 나위 없이 좋은 기회였다.

엄마는 나를 앞장세워 곧장 정님이네 집으로 쳐들어갔다. 참고로 엄마는 재작년 내가 왈가닥 상희가 던지는 돌에 박이 터져 피 칠갑이 되었는데도 놀다 보면 그럴 수도 있다며 그냥 넘어간 사람이었다. 평소에 순해 터져 손해만 보고 사는 엄마가 정님이 엄마와 관련된 일에는 흥분을 감추지 않았다.

"보거래이. 한두 번 있는 일도 아인데 와 카노?"

"참말로 요분에는 몬 참는다. 주제넘고로 오데 넘으 집 귀한 자슥을, 헛 참!"

상태 엄마가 손사래를 치며 말렸지만 엄마는 막무가내였다.

"그렇다고 낯빤대기에 철판을 깔았는지, 귓구녕이 맥힜는지, 알아묵지도 몬하는데 웬만하믄 참아라, 으이?"

"요놈오 예팬네, 내 잘몬했다고 실실 기는 꼬라지를 꼭 보고 말 끼다."

아버지는 제 버릇 개 못 주는지 그 사건 이후에도 정님이 엄마 일로 엄마 애간장을 태웠다. 아버지의 행방이 묘연한 오늘, 엄마는 제대로 한판 붙을 모양이었다. 오늘이 바로 정님이 엄마 제삿날이었다.

"아무도 없나?"

"……"

"좋은 말로 할 때 퍼뜩 나온나이."

엄마는 인기척이 없자 수돗가로 가 물을 벌꺽벌꺽 들이켰다. 그제야 잠깐 눈을 붙였는지 한쪽으로 눌린 머리를 매만지며 정님이 엄마가 나왔다.

"와 이리 시끄럽노? 잠을 통 잘 수가 없네. 도대체 누꼬?"

정님이 엄마는 손바닥으로 하품하는 입을 연거푸 쳐대며 말했다.

"하이고야, 팔자 좋십니더. 낮잠이나 처주무시고요."

엄마가 한껏 비아냥거렸다.

"성님이 이 누추한 곳꺼정 우짠 행차신고오? 내한테 볼일이 안즉꺼정 남았나?"

정님이 엄마가 새치름한 표정으로 말했다.

"참말로 카나 부로 카나, 으이? 니 내하고 웬수 짓나? 우리 아한테는 와 카노?"

"기차 화통을 삶아 묵었는 갑다. 소리가 와 이리 크요? 동네가 다 떠내리가겠구마는."

구경꾼들이 하나 둘 모여들고 있었다. 어른들은 뜯어말릴 생각은 않고 잡담만 늘어놓았다. 상태와 호준이와 난 까치발을 하고 목을 길쭉하게 뺐다. 몇몇 아저씨들만 벌건 대낮에 여편네들이 할 짓이 없어 쌈박질이냐며 혀를 찼다.

"자꾸 딴소리 하끼가? 참말로 해 보겄다, 이기제?"

"하이고야, 얄궂어래이. 자다가 봉창을 뚜디린다 카디마는 성님이 꼭 그 짝이요."

엄마는 얼굴이 붉으락푸르락 야단이었다. 그런데 정님이 엄마는 태연하게 팔짱을 끼고 먼산바라기만 하고 있었다. 옷소매를 걷어 올리던 엄마는 관중을 의식하곤 빽빽 고함을 질러 댔다.

단언컨대 모두가 엄마의 응원군이었다.

"와 가마이 있는 아 봉알 뗀다꼬 겁주고, 안 그래도 자빠져서 아푼 아 궁둥이를 까가 찰싹찰싹 때리고 카난 말이다, 내 말은."

"호호호호, 성님. 내한테 고마바해야 돼요. 어른이 심부름 시키는데 한쪽 귀로 흘리 보내고 딴짓거리 하고 자빠졌길래 내가 혼꾸녕을 내준 긴데. 교육상으로다가. 밸일 아이고마는 참말로."

정님이 엄마의 비비꼬는 말투는 누가 들어도 부아만 치밀어 오르게 했다. 엄마는 감때사납게 삿대질을 해댔다.

"적반하장도 유분수라 카더만. 터진 입이라고 잘도 나불거리네. 우리 아 교육은 내가 시킨다, 니가 와 참견이고? 넘으 서방한테 꼬리치는 걸로 모잘라서 인자 넘으 자슥한테꺼정 이래라저래라 간섭이가? 주제넘고로, 헛 참!"

"참말로 앵꼽아서 몬살겄네. 성님, 지금 서방 없는 년이라꼬 깔보는 기요? 내가 접때 그거는 오해라고 맻 번을 이야기했십니꺼. 아, 말이야 바른 말이지 내가 뭐 아쉬버서……."

"자슥 보기 부끄럽지도 않나? 한번만 더 그 주뎅이 놀리 봐라."

엄마는 정님이 엄마의 말을 끊고 그 정도 선에서 물러나려고 했다.

"와요? 또 머리끄뎅이 다 잡아 뜯을라고요?"

엄마가 한 발짝 들이밀며 두 주먹을 불끈 쥐었다.

"아, 예 예. 고마 내가 잘몬했심니더, 잘몬했어요. 그라믄 됐지요?"

살살 구슬리는 꼴을 보니 정님이 엄마는 영락없이 꼬랑지를 내리고 있었다. 엄마한테 매운 맛을 본 뒤로 눈에 띄게 몸을 사렸다. 엄마는 기가 막힌 듯 한참 뜸을 들였다.

"우예뜬동 담부텀 니하고 상종을 하믄 내가 성을 간다, 성을 갈어!"

엄마는 발로 땅을 찼다. 하지만 이미 끝난 싸움이었다. 정님이 엄마가 묵사발 당하는 화끈한 장면을 기대했던 아이들은 입으로 피, 바람 빠지는 소리를 내며 발걸음을 옮겼다.

그때 영진이 누나랑 정님이가 헐레벌떡 달려왔다. 봄나물을 캤는지 옆구리에 소쿠리를 낀 채였다.

"엄마! 또 사고쳤제?"

"밸일 아이다, 정님아. 사람들한테 다 물어봐라. 우리는 대화한 기다, 조용히."

"내가 그만한 눈치도 없는 줄 아나? 엄마때매 챙피해 미치겄다."

정님이는 자기 엄마가 잡은 팔을 뿌리치며 팽 돌아섰다.

정님이는 누나와 동갑이었다. 하지만 난 정님이한테 누나라고 불러 본 적이 없었다. 그래도 정님이는 나를 귀여워했다. 나도 그런 정님이가 친누나처럼 편하고 좋았다. 마을 어른들도 정님이를 예뻐했다. "아가 시근이 들었다."며 입에 침이 마르도록 칭찬했다. 엄마하고 딸하고 바뀌었다고도 말했다. 정님이는 엄마의 잘못을 꼬치꼬치 따져 물었고, 존조리 타이르기까지 했다. 그러면 정님이 엄마는 정말 학생처럼 직수긋하게 그 소리를 경청했다. 아버지와 정님이 엄마가 얽힌 사건 이후, 나는 정님이를 일부러 피했다. 정님이한테 말을 거는 건 엄마한테 죄를 짓는 거라고 생각했다. 나도 그런 장한 생각을 하는데 누나는 아무 개념 없이 정님이와 붙어 다녔다. 해도 해도 너무했다. 철천지원수 집 딸하고 사이좋게 지내는 것은 그야말로 엄마에 대한 배신이었다.

"야야, 정님아. 엄마 말 좀 들어 보거래이."

"듣기 싫다. 뻔하지 뭐. 이번엔 기범이 건드렸나? 또 잘 노는 아 붙잡아 가 심부름 시키고 안 들으니까 버르장머리 없다고 협박하고 때리고 캤겠지?"

"호호호호호. 아이고, 우리 딸내미 누구 닮아서 이리 똑똑새꼬? 고마 박사네, 박사. 엄마 배 속에서 나온 거 맞나?"

"하이튼 내가 못살겠다. 제발 밉깔시럽게 좀 굴지 마라. 엄마 말하는 거 들어 보믄 나도 얼매나 열 받는지 아나?"

정님이 엄마는 똑 부러지는 딸의 말에 넋을 잃고 바라만 보았다.

"그라고 접때도 말했잖아. 엄마가 잘못했으믄 그냥 솔직히 잘몬했다 사과하라고. 웃지 좀 말고!"

"맞다 맞다. 참 그캤제? 요새 와 이리 정신머리가 없는지 모루겠다."

여태 우리 곁에 남아 있던 상태 엄마가 "소곰에 곰팽이 피길 바라지. 에이고, 에이고······." 혼잣말을 하며 걸어갔다.

정님이 방에서 펄럭펄럭 책장 넘기는 소리가 들렸다. 나가 달라는 뜻인 것 같았다. 정님이 엄마는 입술을 샐쭉대며 섬돌에 내려섰다.

"요놈오 자슥들 무신 구갱 났나? 퍼뜩 안 가나, 훠이 훠이."

마당에까지 들어갔던 우리는 똥개처럼 내쫓겼다.

그동안 우리 집도 마을 사람들의 눈요깃거리였을 거란 생각에 잠시 낯이 화끈거렸다. 곱지 않은 눈길들이 우리 집 바깥에 구석구석 박혀 있었다니. 머리털까지 곤두서는 느낌이었다. 사는 게 버거웠다. 저 석양처럼 서산 뒤로 쏙 숨어 버리고 싶었다.

난 이따가 저녁 먹고 또 뭉치자는 상태의 말을 거절했다. 정신연령이 한참 달리는 상태는 이 형님의 고뇌를 이해하는지 못하는지 툴툴대며 제 갈 길을 갔다. 호준이도 자기 마을로 돌아간 뒤, 난 집으로 터덜터덜 걸어가다가 땅바닥에 한 번 하늘에 한 번 번갈아가며 한숨을 뿌렸다. 왁자한 개구리 울음소리가 가슴속으로 파고들었다. 고개를 들어 보니 저 앞에 누나도 터덜터덜 걸어가고 있었다. 난 한달음에 쫓아가 누나의 등짝을 툭 때렸다.

마음먹은 김에 따질 생각이었다.

"누야!"

누나는 깜짝 놀라지도 않고 천천히 고개를 돌렸다. 김이 팍 샜다. 그리고 완전히 똥 씹은 표정. 전의를 상실한 채 같이 걷는데, 누나가 중 염불하듯이 중얼거렸다.

"정님이, 이사 간다 카더라. 얼마 안 있으믄."

난 누나가 혼자 걸어가도록 내버려 두었다. 누나의 축 처진 눈과 어깨를 생각하면 미안하지만 그래도 기분이 째지게 좋았다. 이제 아버지와 정님이 엄마의 심상치 않은 관계가 깨끗하게 정리되는 건 시간문제라고 생각했다.

한발 한발 걸음을 옮길 때마다, 나무에 전봇대에 이웃집 지붕에 가려졌던 우리 집이 나타났다. 이내 불 꺼진 아버지의 방이 눈에 들어왔다.

하늘에는 보름달이 환했다. 보름달에 불길한 그림이 그려졌다. 읍내에서 돌아온 아버지는 술에 진탕 취한 채로 정님이네 집으로 직행한다. 아버지만 오기를 학수고대하던 정님이 엄마는 오늘 있었던 일을 미주알고주알 혹은 뻥을 튀겨 일러바친다. 아버지는 흥분해서 술을 더 마시고 곧장 집으로 쳐들어와 엄마를……

난 가슴이 쿵쿵대는 채로 잠이 들었다. 아침에 일어날 때까지 한 번도 깨지 않은 걸로 봐서 상상했던 일은 일어나지 않은 게 틀림없었다. 난 일어나자마자 안도의 한숨을 쉬었다. 가끔 텔레비전을 보면 유명인사가 나와 방청석에 있는 사람들한테 웃으면서 이야기했다. 인생은 아름다운 거라고. 근데 내가 보기에 인생은 사람마다 다 다른 것 같다. 나한테 인생은 방금 막 일어나 하품하는 영순이의 입 냄새 같다.

9
누에고치

5월 25일

엄마는 왜 당당하지 못할까?
엄마는 밥을 짓고 빨래를 하고 청소를 한다.
자식들 도시락 싸서 학교에 보내고,
개와 소 밥도 챙겨 주고 똥도 치워 준다.
게다가 누에치기는 거의 엄마 차지다.
그렇다고 다른 농사일에 나 몰라라 할 수도 없다.
따지고 보면 아버지보다 엄마가 더 가장답다.
이 정도면 큰소리는 뻥뻥 안 쳐도,
가끔 예쁜 옷도 사 입고 맛있는 음식도 사 먹어야 한다.

아주 가끔은 아버지한테 바가지를 박박 긁어도 된다.

그래야 말이 되는 거다.

그런데 엄마는 왜 구박만 받고 살까?

엄마는 무슨 낙으로 살까? 엄마한테도 꿈이라는 게 있을까?

그 생각만 하면 기분이 축 가라앉는다.

오늘 난 대형사고를 쳤다.

누에한테 에프킬라를 뿌리다니.

똑똑한 척은 혼자 다 했는데 부끄럽다.

엄마 주름이 한 열 개는 늘었을 거다.

난 누굴 닮아 이 모양 이 꼴일까? 죽고 싶다.

우리 마을에서는 집집마다 누에치기를 했다. 어른들은 파김치가 된 몸으로 들어와 꾸벅꾸벅 졸면서도 누에 밥 챙겨 주는 걸 잊지 않았다. 거기서 나오는 수입은 꽤 짭짤한 편이어서, 모처럼 배 터지게 삼겹살을 구워 먹을 수도 있었고, 새 옷이나 새 신발이 생기기도 했다.

배추씨만 한 누에를 새 분필 길이 만큼 키우는 건 엄청 까다로웠다. 처음 며칠은 함지박에 잘게 쓴 뽕잎을 흩뿌려 주면 끝. 하지만 누에는 금방금방 자랐다. 우리는 매일같이 뽕밭에 가 허연 진딧물과 싸우며 포대에 뽕잎을 눌러 담아야 했다. 오디 따먹는 재미라도 없었으면 빈혈로 쓰러지고 싶은 심정이었다.

진정한 고생길은 그다음 단계부터였다. 아버지가 지게 가득 뽕나무 가지를 쪄와 마당에 부려 놓으면, 우린 뽕잎을 일일이 손으로 따내야 했다. 신물이 날 정도였다. 왜 하필 그걸 내가 즐겨 보는 만화가 방송될 때 해야 하는지 알 수가 없었다.

일요일 아침 해가 창호지를 뚫고 방 안으로 들어왔다. 아침을 먹기 바쁘게 형은 아버지를 따라, 누나는 엄마를 따라 들일을 나갔다. 중요한 건 나는 쏙 빠졌다는 것. 몸이 너무 나른해 꾀병을 부린 결과였다.

"때 되믄 누에 밥 꼭 챙기 조래이, 알겠나?"

엄마가 호미를 챙기면서 신신당부했다.

심심했다. 집은 텅 비어 있었다. 아침부터 잠만 퍼질러 자는 영순이가 부러웠다. 아니 영순이보다 먹고 놀고 싸고 자기만 하는 누에 팔자가 훨씬 부러웠다. 아니다, 아직도 그때 그 일만 생각하면 몸이 부르르 떨렸다.

일 년 전이었다. 상태는 나한테 일급비밀이라며 귓속말을 했다.

"누에 있잖아, 그거 산 채로 묵으믄 머리 억쑤로 좋아진다고 우리 고모가 카더라. 맨날 1등만 한디야."

"내가 그리 얼빵해 보이나? 난 그딴 미신 안 믿는다."

"아이다. 우리 사춘 성아도 그거 묵고 고등학교에서 우등상 받는다. 진짜로. 거짓말이믄 내 우리 반 천똥희 까시나하고 뽀뽀

하께!"

상태는 나한테 누에를 먹여야 하는 사명감을 띤 것처럼 말했다.

"그라믄 니는 와 안 묵노?"

"내는 공부 잘하는 거 한 개도 안 부럽걸랑. 골치만 아푸잖아."

난 일등 해서 엄마를 기쁘게 해 주고 싶었다. 영지한테도 잘 보이고 싶었다. 그래서 그날 당장 꼬물꼬물 기어가는 작은 누에 한 마리를 눈 딱 감고 꿀꺽 삼켰다. 속에서 누에가 살아 꿈틀거리는 것만 같았다. 토해 내려고 입 속에 손가락을 집어넣었지만 구역질만 나왔다. 물론 시간이 흘렀지만 머리가 좋아지지도 않았다. 당장이라도 상태를 붙잡아 구더기 득시글대는 똥통에 빠뜨리고 싶었다. 약속대로 천동희하고 뽀뽀하라고 시위라도 벌이고 싶었다. 하지만 안 먹은 척하고 다니는 게 더 속 편할 것 같았다.

그 일이 있고부터 누에라면 더 넌덜머리가 났다. 생각 같아서는 엄마를 속여 한 열흘쯤 굶기고 싶었다. 그래서 다 죽으면 저녁마다 뽕잎 따는 괴로움도 없을 것 같았다. 아니다, 그럼 새 운동화도 못 얻어 신을 텐데. 세상엔 딱 이거다 하는 게 없었다. 이런저런 생각을 하며 마룻바닥을 뒹굴었다.

그때였다. 상희네 암캐가 젖통을 덜렁거리며 어슬렁어슬렁 우리 집 개 똥실이 곁으로 다가왔다. 난 마룻바닥에 엎드려 두 팔로 턱을 괸 채 눈만 끔뻑였다.

싸움이 시작되었다. 으르렁대며 자리싸움을 하던 똥실이가 암캐의 등 위에 올라탔다. 은근한 자부심 같은 게 느껴졌다.

거기서 싸움은 끝난 듯했다. 암캐는 그저 깨갱거리기만 할 뿐 똥실이가 등에 올라타 흔들며 공격을 하는데도 더 이상 반항하지 않았다. 난 고개만 갸웃거렸다. 몇 분이 지났을까? 똥실이는 암캐의 등 위에서 내려왔다. 암캐는 패배가 분한 듯 뒷걸음질을 치며 자꾸만 똥실이를 쳐다보았고, 난 싱겁게 끝난 싸움이 아쉬울 뿐이었다. 세상은 이해할 수 없는 일투성이였다.

희한한 개싸움을 구경하느라 아침 새때를 놓치고 말았다. 서둘러 아랫방으로 달려갔다. 고개를 치켜들고 잠을 자던 누에들은 배가 고픈지 스멀스멀 기어 다니고 있었다.

"이놈의 똥파리 새끼들이!"

자꾸만 귀찮게 달려드는 파리를 쫓으며 누에 밥을 주고 있는데, 때 이른 모기까지 윙윙거리며 내 목에서 피를 빨아 갔다. 난 하던 일을 멈추고 바깥으로 나가 에프킬라를 가져왔다. 괘씸한 놈들을 몰살시켜 놓고 누에 밥을 줄 참이었다. 칙칙, 구석구석 신 나게 살충제를 뿌렸다. 그리고 파리와 모기의 숨통을 완벽하게 끊어 놓기 위해 방문을 꼭 닫았다.

때마침 일을 마치고 돌아온 엄마가 마루에 머릿수건을 벗어

던졌다. 그러다가 아랫방에서 에프킬라를 들고 나오는 나와 눈이 마주쳤다. 난 엄마가 잔소리를 퍼붓기 전에 선수를 쳤다.

"아까 누에 밥 챙기 줬다. 방금은 파리하고 모기가 많아가 약 뿌리고 나오는 길이다."

엄마는 입을 떡 벌리더니 나를 밀치고 아랫방 문을 활짝 열어젖혔다. 그러고는 훅 끼치는 약 냄새에 손을 휘젓다가 포대를 들고 바깥으로 공기를 내보냈다.

"진짜다, 엄마. 진짜 아까 챙기 줬다."

난 엄마가 안 믿을까 봐 걱정이 태산이었다. 엄마는 내 간절한 해명에는 대꾸도 안 하더니 방에서 나오자마자 포대를 내팽개치고 욕을 퍼부어댔다.

"이, 쐬바가지에 빵구가 나도록 빌어처물 눔아! 어이쿠 어이쿠. 내가 몬산다, 참말로오!"

"진짠데……."

엄마는 명치께를 툭툭 쳤다. 그러더니 부엌 앞에 쌓여 있는 뽕나무 가지를 들고 내 장딴지를 때리기 시작했다. 난 부룩송아지마냥 이리 팔딱 저리 팔딱 뛰면서 울먹였다. 엄마는 영순이가 잠에서 깨 용감하게 뒤에서 끌어안을 때까지 나를 때렸다. 엄마는 마당에 퍼지르고 앉아 깊은 숨을 토해냈다.

난 아리고 쑤시는 아픔보다는 엄마의 속을 썩였다는 생각에 목이 메었다. 속에서 울음 덩이가 자꾸 올라왔다. 에프킬라가 왜 파리나 모기만 죽인다고 생각했을까? 난 뒤란 바위를 등지고 앉아 영순이보다 멍청한 머리를 콩콩 쥐어박았다.

그날 밤, 엄마는 가족들이 다 자고 있을 때 살며시 일어나 아랫방으로 건너갔다. 삼십 분은 족히 지난 것 같은데 엄마는 돌아오지 않았다. 나는 숨을 죽이고 조용히 방문을 열었다. 엄마가 소쿠리에 뭔가를 담고 뒤란으로 갔고 그런 일은 몇 번 반복되었다. 나는 그것이 누에 시체일 거라고 생각했다. 눈물이 왈칵 쏟아졌다. 아랫방에 불이 꺼졌다. 나는 엄마가 나오기 전 깨금발로 살금살금 자리에 가 누웠다.

조금 있으니 엄마 냄새가 났다. 엄마는 내 곁에 와서 바지를 걷어 올렸다. 그러고는 피멍 든 장딴지를 슬슬 만지더니 후후 입으로 바람만 불었다. 연고가 다 떨어진 모양이었다. 울음을 참느라 목구멍이 따끔거렸다. 그래도 비어져 나오는 울음을 잠꼬대인 양 꾸며대는 연기를 하고서야 난 겨우 잠이 들었다.

누에가 분필만큼 자랐을 때, 허연 색깔이 점점 투명해지더니 입에서 실을 뽑고 곧 섶에 고치를 만들기 시작했다. 며칠 안 가 꽉 움켜쥐어도 짜부라지지 않는 튼튼한 집을 만들었다. 우리 집하고는 비교도 안 되는. 그 안에 갈색 번데기가 된 누에는 나방이 될 때까지 깊은 잠을 잘 거였다. 그렇게 밉던 누에가 사랑스러웠다. 나도 번데기처럼 튼튼하고 따뜻한 집에서 편안하게 눈을 붙이고 싶었다. 그리고 한숨 편하게 자고 일어나 찬란한 아침 햇살을 받으며 비상하고 싶었다.

아버지는 거의 만날 일찍 귀가했다. 나는 그게 정님이 엄마가 이사를 간 덕분이라고 믿어 의심치 않았다. 정님이 엄마는 마을 사람들의 무시와 경멸과 핍박을 견디다 못해 친정이 있는 읍내로 이사를 갔다. 난 불행 끝 행복 시작일지 모른다는 조심스러운 전망을 했다. 하지만 그건 너무 섣부른 판단이었다. 아버지는 일찍 귀가했다는 것뿐 여전히 술에 찌들어 살았고 식구들에게 행패를 부렸다. 우연히 아버지가 술에 취해 우는 장면을 목격하기도 했는데 정님이 엄마가 그리워서 그러는 게 아닐까 하는 내 나름의 추측 때문에 분통이 터졌다.

"올해는 꼬치 근수는 와 이리 적게 나오노?"

아버지가 다그쳤지만 엄마는 못 들은 척했다.

그렇게 말썽을 피웠는데 엄마는 우리와의 약속을 지켰다. 난 눈부시게 뽀얀 운동화를 품에 안았다가, 높이 들고 빙빙 돌렸다가, 코를 쑤셔 박고 냄새를 맡았다가, 머리맡에 두고 며칠을 잤다. 약속을 지키지 않는다 해도 난 떼쓰지 않을 생각이었다.

누나와 형은 청바지를, 영순이는 샌들을 선물 받고 좋아서 오두방정을 떨었다. 엄마는 값싼 몸뻬 하나 사 입지 않았고, 아버지는 또 술독에 빠졌다. 적어도 한 달간은 누에고치 근수가 적게 나온 걸 가지고 끈질기게 닦달할 거였다. 맨 정신일 때 대충 넘어간 걸 술의 힘을 빌려 다시 끄집어내는 게 아버지의 주특기였다. 불 보듯 뻔했다. 엄마를 발로 찰 거고, 머리끄덩이를 잡을 거고, 그래도 엄마가 묵묵부답이면 홧김에 문짝을 박살낼지도 모르고, 심하면 부지깽이나 삽이나 괭이나 생각만 해도 끔찍한 낫을 휘두를지도 모를 일이었다. 그 생각에 잠시 풍선처럼 부풀었던 내 마음에 바람이 픽픽 빠졌다.

정님이 엄마도 이사 가고 없는데, 아버지는 늦도록 집에 들어오지 않았다. 엄마가 산 아버지의 티셔츠만 벽에 걸린 채 주인을 기다리고 있었다.

10
악마의 달콤한 유혹

6월 24일

어른들 없는 날.
자유, 해방, 그리고 담배. 쉿, 비밀!
아무리 비밀 일기라도 담배라는 말을 쓰니까 가슴이 쿵쾅댄다.
어제 여행을 다녀온 뒤로 아버지는 아프다.
근데 하나도 안 불쌍하다. 오히려 고소하다.
아버지는 평생 나를 괴롭힐 것 같다는 불길한 예감도 든다.
난 오늘 하루 종일 딴 생각만 했다.
깡통놀이에서 한번 술래가 된 내가 끝까지 술래가 되자
애들이 재미없다고 나중에는 아예 나를 뺐다.

아버지는 또 며칠 지나면 집집마다 돌아다니면서
술을 얻어 마시고, 골목에서 고함을 지를 거다.
아무 일 없었던 것처럼.
이상한 건 마을 사람들도 평소와 똑같이 아버지를 대해 준다는 거.
어른들의 세계가 아리송하기만 하다.
나도 빨리 어른이 되고 싶다.
그래서 담배 한번 피웠다고 양심의 가책 안 느끼고,
좋아하는 여자랑 알콩달콩 연애도 하고,
단팥빵이랑 사이다랑 쭈쭈바도 맘껏 사 먹고,
가끔은 춘보 아제처럼 오토바이를 타고 씽씽 달리다가
늦게 집으로 돌아가는 애들도 태워 주고…….
나중에 멋진 어른 되면 엄마한테 예쁜 옷도 사 주고,
맛있는 것도 사 주고, 용돈도 팍팍 줘야지.
멋진 어른! 그건 내 장래희망이다.
양복, 신사, 안경, 서류 가방, 구두, 교양, 그리고 아내와 아들딸, 웃음…….

비둘기처럼 다정한 사람들이라면
장미꽃 넝쿨 우거진 그런 집을 지어요.
메아리 소리 해맑은 오솔길을 따라

산새들 노래 즐거운 옹달샘터에
비둘기처럼 다정한 사람들이라면
포근한 사랑 엮어 갈 그런 집을 지어요.

본격적인 농번기가 시작되었다. 아저씨들은 쉴 새 없이 지게를 지거나 손수레를 끌거나 경운기를 몰았고, 아줌마들은 밭이랑에 쭈그려 앉아 김을 매느라 비지땀을 흘렸다. 우리도 학교에서 돌아오기가 무섭게 소매와 바짓가랑이를 걷어붙이고 논밭을 드나들었다. 코흘리개 꼬맹이들만이 한가하게 자기 집 똥개와 들녘을 쏘다녔다. 마음 같아선 장풍으로 꼬맹이들을 지붕 위로 날렸다가, 저물녘에야 내려 주고 싶었다. 일은 해도 해도 끝이 없었다. 나는 거의 매일 아프다는 핑계를 댔다. 내가 워낙 약골이고 꾀병 연기의 달인이라 아버지는 곧잘 속아 넘어갔다. 그건 다섯 손가락으로 꼽아도 손가락이 남을 만큼 몇 안 되는 아버지의 장점 중 하나였다. 기철이 형이 독기를 품고 노려보았지만 그 정도는 감수할 만했다.

봄날은 봄비 따라 다 떠내려가 버렸다. 내일은 바쁜 일을 대충 끝낸 마을 어른들이 남해로 여행 가는 날. 근데 어른들보다 아이들이 한층 들뜬 분위기였다.

세상에 어른이 없어진다면 사흘 밤낮 밥을 안 먹고 잠을 안 자도 좋을 것 같았다. 특히 아버지가 없다는 걸 깨닫는 순간 난 신이 나서 궁둥춤이라도 출 것 같았다. 그 불가능한 일은 상상만으로도 즐거웠다.

새벽부터 엄마는 여행 떠날 준비에 몹시 허둥거렸다. 얼굴에 분을 칠하고 입술에 루주까지 발랐다. 난 누워서 말똥말똥한 눈으로 엄마가 변신하는 모습을 신기한 듯 지켜보았다. 엄마는 떠나기 전 아버지를 대신해 여러 가지 당부를 했다. 난 누나와 형을 대신해 엄마를 안심시켰다.

늦잠을 실컷 잔 우리 형제는 아침을 챙겨 먹고 각자 흩어졌다.

나는 상태와 호준이와 뭉쳐 순기네 뒷산 자드락밭으로 향했다. 이파리에 가린 딸기가 발그레했다. 우리는 미친 듯이 따먹었다. 그리고 얼마 뒤, 다음 계획을 위해 각자 집으로 해산했다.

집으로 돌아오니 웬일로 영순이가 집에 틀어박혀 있었다. 물어보지도 않았는데 순기가 외갓집에 갔다고 말했다. 혹시나 해서 챙겨온 딸기 다섯 개를 내밀자 계집애가 의심부터 했다.

"이거 써리한 거 맞제?"

"안 묵을라믄 치우고."

"그렇게 주고 싶으믄 조!"

"불쌍해서 준다."

영순이는 빨간 입 안에 더 빨간 딸기를 넣었다. 새곰한 맛이 나는지 눈을 지그시 감고는 혀를 쏙 내밀었다. 혀가 딸기 빛깔이었다.

다음 순서는 낚시. 난 마루 밑에 있는 대나무 낚싯대를 챙겨 들고 쏜살같이 내달렸다. 냇가로 가는 내내 콧노래가 절로 나왔다. 호준이와 난 냇가에 도착하자마자 낚싯줄을 던졌다. 바로 신호가 왔다. 멍텅구리 꺽지가 낚싯바늘에 버둥대는 실지렁이를 덥석 문 거였다.

낚시를 왜 하는지 모르겠다던 상태는 저 밑에서 메기가 나타났다고 소리쳤다. 호준이와 난 한달음에 달려가 물 속에 첨벙 뛰어들었다. 상태가 큰 돌을 들추자 팔뚝만 한 메기가 꿈틀꿈틀 몸부림을 치더니 쏙 빠져나갔다. 그때 중심을 잃은 상태가 뒤로 꽈당 넘어지면서 나를 붙잡았고, 내가 비틀대며 호준이를 붙잡는 통에 우리 셋은 도미노처럼 물에 빠져 버렸다. 갑자기 상태가 중풍 든 할아버지처럼 몸을 부르르 떨었다. 오줌을 눈 거였다. 호준이와 난 상태의 머리를 잡고 무자맥질을 시켰다.

"미 미 미안, 인자 아 안 카께. 어푸어푸, 아······."

물 속에서 부글부글 거품이 피어올랐다. 상태가 뀐 방귀 때문이었다. 하여튼 지저분한 놈이었다. 그래도 신 나기만 했다.

우리는 뜨끈뜨끈한 바위에 옷을 말려둔 채 점심 먹고 나면 또 뭐 하고 놀 건가를 의논했다. 그때 상태가 갑자기 자기 이마를 툭 쳤다. 그러고는 바지 주머니에서 비닐 뭉치를 꺼내 조심스럽게 폈다.

"짜잔! 이기 뭔 주 아나?"

"그 그거 다 담배 아냐?"

호준이가 기겁을 하며 소리쳤다.

"빙고! 근데 너그 이거 피워 봤나?"

"너는 피워 봤단 말야?"

"쪼매만 기다리 봐래이. 내 신기한 거 보이 주께."

난 가슴이 콩닥거려 미칠 지경이었다. 그런데 상태는 몸에 밴 듯한 손놀림으로 성냥을 긋고 담배에 불을 붙여 한 모금 쭉 빨아당겼다. 그러고는 춘보 아제처럼 연기로 구름 과자를 만들려고 시도했다. 하지만 연속 실패. 호준이와 나는 입을 쩍 벌린 채 다물지를 못했다.

"순진한 것들!"

상태는 우리를 무시함으로써 자기의 뻘쭘함을 덮으려고 했다. 그것으로도 성에 안 차는지 눈을 번득이며 다가와 우리에게 선택을 강요했다.

"너그도 한 모곰씩 피워 볼래?"

호준이와 난 악마의 달콤한 유혹에 넘어가고 말았다. 난 한 모금 빨았다가 기침을 토하느라 얼굴이 시뻘게졌다. 기침도 전염인지 호준이마저 콜록거리기 시작했다. 상태는 팔짱을 낀 거만한 자세로 코웃음을 쳤다. 싹수가 노랬다. 공부하고 담을 쌓고 벌써부터 못돼 처먹은 거나 배우고. 이렇게 가다간 우리 기철이 형 꼴 날 게 뻔했다. 상태 엄마한테 말해야 하나 비밀을 지켜야 하나, 이것이 문제였다.

우리는 땅을 파고 담배꽁초와 성냥을 묻은 다음 흙을 꼭꼭 다졌다. 그러고는 흔적을 없애기 위해 풀을 뜯어 뿌렸다. 동산 너머에서 먹구름이 몰려오고 있었다.

영순이의 개코를 속이는 건 처음부터 무리였다. 어떨 땐 바보 같은 게 또 어떨 땐 귀신같았다.

"오빠 니한테 담배 냄새난다."

"미 미쳤나, 가시나가? 콧구멍 썩었는 갑다."

난 손바닥으로 영순이의 입을 마구 비벼댔다. 영순이가 악을 써댔다. 그리고 손을 떼자마자 영순이의 입에서 듣기 싫은 말이 또 튀어나왔다.

"치, 손에도 나네? 담배 냄새."

"이거는…… 어, 그래. 개구리 뒷다리 꾸버 묵은 냄새다, 알겠나? 이 밥통아."

"누굴 등신으로 아나?"

어디서 구운 개구리 뒷다리 맛을 본 모양이었다.

"니 자꾸 그칼라믄 아까 묵은 딸기 도로 내놔, 퍼뜩."

"똥 나오믄 가지가람."

"이 까시나가! 그라믄 지금 빨리 똥 누라. 그게서 딸기 원래대로 안 나오믄 똥구멍 찢어뻴 끼다."

영순이는 애먼 똥실이의 주둥이를 툭툭 쳤다. 봐주겠다는 건지 일러바치겠다는 건지, 꿍꿍이속을 알 수가 없었다. 난 만일의 사태에 대비해 수돗가로 갔다. 그러고는 물을 한 바가지나 퍼 입안에 넣었다가 호로록거려 뱉기를 반복했다. 상태가 사슴벌레 잡으러 가자고 불렀지만 별별 핑계를 대며 물리쳤다. 고자질쟁이 영순이는 영 믿음이 안 갔다.

바람이 한줄기 거세게 불어 닥치더니 날은 금세 어두워졌다. 장대비가 빗금을 그으며 쏟아지기 시작했다. 처마 끝에서 흘러내린 물줄기가 땅바닥을 팠고, 여기저기서 붉덩물이 철철 흘러넘쳤다. 하루 종일 코빼기도 안 비치던 누나와 형이 비 쫄딱 맞은 생쥐 꼴로 돌아왔다.

지나가는 비인 줄 알았는데, 두 시간이 지나도록 그칠 기미를 보이지 않았다. 이제는 아예 바람에 실려 너울너울 춤을 추며 내리고 있었다. 번개와 천둥이 칠 때마다 영순이는 천둥소리를 따라하며 방정을 떨었고, 난 이불 속에서 오들오들 떨었다. 형이 두꺼비집을 내리는 통에 집은 완전히 어둠에 묻혀 버렸다.

밤 10시. 빗발은 더 거세졌다. 아버지는 상관없지만 엄마가 걱정되었다. 인기척에 방문을 활짝 열어젖혔다. 비바람에 맥없이 고꾸라진 지게였다.

그렇게 몇 번을 속다가, 졸다가, 마루에서 뭔가 쿵 하고 쓰러지는 소리에 놀라 방문을 열었다. 엄마와 아버지였다. 술 냄새가 코를 찔렀다.

엄마의 파마머리가 비에 젖어 더 곱슬곱슬했다. 치마 끝에서 물방울이 눈물처럼 뚝뚝 떨어졌다. 엄마는 벽에 걸린 수건을 집어 들고 방으로 들어갔다.

"기철이하고 기범이, 아부지 방으로 델꼬 가. 어서!"

무겁고 낮은 목소리였다. 형과 나는 아버지를 질질 끌고 방 안으로 들어갔다. 옷은 살갗에 찰싹 달라붙어 있었다. 정신이 반 나간 아버지는 추운지 몸을 달달 떨었다. 벽에 마른 수건이 걸려 있었지만 형과 난 서로 미루기만 하다가 결국 닦아 주지 않았다.

엄마는 축축한 옷을 입은 채로 그 자리에 주저앉아 있었다. 맛동산과 알사탕과 환타 같은 주전부리를 손꼽아 기다리던 우리는 입도 뻥긋 못 했다.

"잠깐 나가 있어라, 엄마 옷 갈아입고로. 기철이는 뚜꺼비집 좀 올리고."

누나가 속삭였다.

비가 서서히 그치고 있었다.

아버지는 몸살을 앓았다. 얼굴에 열꽃이 피어 있었다. 아침부터 배를 움켜잡고 수돗가로 달려가 웩웩, 토하기 바빴다. 영순이는 아버지가 불쌍하다면서 등을 토닥토닥 두드려 주었다. 하지만 엄마의 표정은 딱딱하게 굳어 있었다. 엄마는 아궁이에 불을 지피면서도 뭐라고 계속 꿍얼거렸다. 분명히 뭔가 있었다.

  난 어제 어른들 사이에 생긴 일이 궁금해 애가 달았다. 그래서 입 싼 아줌마들의 수다를 엿듣기로 했다. 그 일은 두고두고 아줌마들의 입에 오르내렸기 때문에, 내막을 전부 아는 데는 그다지 많은 시간이 걸리지 않았다. 아줌마들은 이야기하는 내내 키득거렸다. 이야기의 토막들을 맞춰 보니 얼굴이 절로 시뻘게졌다.

  술 욕심 많은 아버지는 늘 남들이 한 잔 마실 때 두세 잔은 마셨다. 그리고 남들보다 먼저 취했다. 남해에 가서도 마찬가지였다. 되지도 않는 말로 트집을 잡았지만 마을 사람들은 그러려니 했다. 그리고 큰 사고 없이 집으로 돌아오게 되었다. 고속도로에서 버스가 속력을 내고 있는데, 비가 오기 시작했다. 아버지는 그때부터 오줌보가 터질 것 같다며 차를 세우라고 소란을 피웠다. 그러다가 택한 방법이 맥주병에 볼일을 보는 거였다. 아버지는 바지를 까 내렸고, 엄마는 동네 창피하게 무슨 짓이냐며 말렸다. 하지만 아버지는 고집을 꺾지 않았고, 기어이 비틀거리며 볼일을 보았다. 패가망신은 아버지의 인생 목표 같았다.

11
가끔은 햇살 가득한 날

7월 10일

반장이 우영이 엄마가 하늘나라로 갔다고 말했다.

선생님이 종례시간에 다시 얘기했을 땐, 가슴이 터지는 줄 알았다.

오징어놀이 때문에 패싸움을 벌였던 애들도 모두 슬퍼하는 것 같았다.

여자애들은 엉엉 울었다.

이제 우영이는 할머니밖에 안 남았다.

우영이가 일곱 살 때, 우영이 아버지는 농약을 마셨다고 했다.

버섯 농사가 매년 망하고, 눈덩이처럼 불어난 빚 때문에.

하루 종일 우울했다.

엄마가 없는 하루를 상상해 보았다.

누나가 해 준 맛없는 밥을 물에 대충 말아먹고,

꼬질꼬질 때 묻은 옷을 입고, 너덜너덜 밑창 떨어진 운동화를 신고,

꾀죄죄한 얼굴로 학교에 가고,

점심시간엔 도시락도 못 싸와 책상에 내내 엎드려 있고,

집으로 돌아오면 술 취한 아버지가 나를 붙들고 트집 잡고, 쥐어박고.

어쩜 이사 갔던 정님이 엄마가 계모로 들어와서

아버지와 짜고 우릴 구박할지도 모른다.

아버지가 친엄마 없는 불쌍한 것들이라고

우릴 봐줄 것 같지는 않다, 절대로!

하지만 정님이는 예뻐해 줄 것 같다.

그럼 영진이 누나랑 정님이는 사이가 더 좋아질까? 나빠질까?

생각하기도 싫다.

점심시간, 학교 운동장은 교실에서 쏟아져 나온 아이들로 몸살을 앓았다. 운동장은 땡볕과 합작해 분풀이라도 하는지 아이들의 얼굴과 팔뚝을 새까맣게 태웠다.

그러거나 말거나 우리 반 아이들은 오징어 놀이에 푹 빠져 있

었다. 오징어의 머리 쪽에서 앙감질로 통통 뛰면서 바깥으로 나와, 몸통 한가운데로 흐르는 강을 건너고, 꼬리 쪽으로 간 다음 두 발로 몸뚱이 속을 통과해서 다시 머리 쪽으로 와야 하는 놀이. 물론 수많은 적들의 방해 공작을 뚫어야 했다. 학교를 중심으로 위쪽과 아래쪽 마을 아이들이 각각 한패가 되었다. 운동장에 그려진 커다란 오징어는 흐물흐물 형체를 알아 볼 수조차 없었다. 아이들은 수없이 밀치고 붙들면서 승패를 가렸고 함성을 질렀다. 난 그 함성이 좋았다. 소리를 지르다 보면 목까지 차올랐던 갑갑증이 흔적 없이 사라지곤 했다.

처음부터 내리 다섯 판을 우리 편이 이기고 있었다. 경필이가 뿔이 날 만도 했다.

"야, 동태 니 방금 금 밟았제?"

"내가 언제?"

상태는 '동태'라는 별명을 정말 싫어했다. 그래도 상태가 경필이의 말에 토를 달다니.

"내 이 두 눈으로 똑똑히 봤다. 퍼떡 꺼지라, 좋은 말로 할 때."

"맞다, 맞다. 내도 봤다."

족제비까지 덩달아 거짓말을 했다. 내 눈이 동태눈이 아니라면 상태는 금을 밟은 적이 없었다.

"보긴 뭘 봐, 새꺄! 눈깔 썩었나?"

우리 편 우영이가 험상궂은 표정으로 나섰다. 눈 깜짝 할 새에 말다툼은 몸싸움이 되었다. 그리고 대번에 패싸움으로 번졌다.

운동장에서 놀던 아이들이 우르르 몰려왔다. 수만이와 나는 뒤로 움찔 물러났다. 우영이와 경필이는 서로의 멱살을 잡고 으르렁댔다.

"너 이 새끼, 마이 컸다. 내가 언제 손 좀 봐 줄라 캤는데 딱 걸렸어!"

"웃기지 마라, 새꺄! 내가 그리 만만해 보이나?"

경필이가 침을 탁 뱉으며 소리치자, 우영이도 이에 질세라 바락바락 악을 써댔다. 경필이가 가소롭다는 표정으로 우영이의 가슴팍을 퍽 떠밀었다. 우영이는 중심을 잃고 쓰러졌다.

호빵은 주먹 쥔 손을 위로 치켜들며 응원을 시작했다.

"신경필! 신경필! 아싸라비아, 삐약 삐약! 브이아이시티오아르와이!"

그러자 패싸움은 단숨에 응원전으로 이어졌다. 우영이는 경필이 밑에 깔려 버둥거리기만 했다.

"봐라, 내 저럴 줄 알았다. 우영이는 아직 경필이한테 쨉도 안 된다."

"맞네, 에이 시시해. 난 또…….."

"작년에 6학년 성아들도 경필이한테 꼼짝 몬 했다 카더라."

경필이는 구경꾼들의 감탄에 우쭐대며 잠시 한눈을 팔았다.

그 순간이었다. 우영이가 경필이의 가슴을 딥다 밀어붙이곤 얼굴에 주먹을 날렸다. 경필이의 코에서 금세 시뻘건 피가 터져 나왔다. 이제 경필이는 밑에 깔리는 신세가 되고 말았다. 위쪽 마을 아이들은 흥분의 도가니였다.

"남우영! 남우영! 남우영!"

아이들의 우렁찬 응원에 우영이가 다시 경필이 얼굴에 주먹을 날리려는 찰나, 여자애들이 선생님과 함께 달려왔다. 태풍에 벼가 쓰러지듯 구경꾼들은 잠깐 사이에 모두 흩어졌다. 그때 점심시간 끝을 알리는 종소리가 울렸다.

학교 앞 논바닥에서 황새 세 마리가 날아올랐다. 햇볕 쨍쨍한 운동장에 우리 반 남자애들만 남아 있었다.

"지금부터 한 명도 빠짐없이 운동장을 뛴다. 선생님이 그만안, 할 때까지."

다섯 바퀴도 채 못 돌아서 아이들은 쌕쌕 숨을 할딱거렸다. 경필이와 우영이는 앞서거니 뒤서거니 벌 받으면서까지 싸움을 벌였다. 여섯 바퀴, 일곱 바퀴. 다들 흐느적거리며 발을 질질 끌었다. 언제쯤 '그마안' 소리가 나오나 똥줄이 타는 것 같았다. 선생님을 힐끗 쳐다보았지만, 입을 꾹 다물고 있었다. 여덟 바퀴, 아홉 바퀴…….

다리에 힘이 풀리고 속은 뒤집힐 것 같았다. 황새를 타고 날아가 정자나무골 뒤 샘터에 머리를 첨벙 처박고 싶었다.

열 바퀴째, 결국 병수가 쓰러지고 말았다. 그제야 우린 생지옥에서 벗어날 수 있었다.

"쓰러질라카믄 진작에 좀 쓰러져 주지, 와 지금 쓰러지노? 참 웃기는 새끼다. 그자?"

"닥치라, 새꺄!"

호빵의 충성어린 발언에 경필이가 버럭 성질을 냈다.

우리는 교실로 들어갔다. 침묵이 장장 십 분이나 계속 되었다. 다른 학년들이 모두 집으로 돌아가고 뻐꾸기 소리만 교실 안을 채웠다. 교장 선생님이 창문 밖에서 우리 반을 흘끔 쳐다보고 지나쳤다.

"누가 한눈팔고 있어?"

선생님의 목소리가 착 가라앉아 있었다.

"그 놀이에서 이긴다고 쌀이 나와 밥이 나와? 이길 때가 있으면 질 때도 있는 법이야."

선생님은 우리 편이 쭉 이기고 있었다는 사실을 모르는 것 같았다.

"부모님이 너희들 이러는 거 보면 참 좋아들 하시겠다. 자식들 공부 하라고 뼛골 빠지게 일하시면서 학교 보내 놓으니까 쌈박질이나 하고 말이야."

선생님은 하나 마나한 소리를 또 주저리주저리 늘어놓았다. 국민학교 입학하면서부터 귀가 따갑도록 듣던 말. 난 선생님이 무슨 말을 하려는지 환히 꿰고 있었다. 별로 잘못한 건 없었지만 난 반성하는 태도를 보이려고 애썼다. 저번 유리창 사건 때 받았던 선생님의 은혜에 대한 보답으로. 하지만 싸움의 주범인 경필이 패거리는 백 번을 말해도 도로 아미타불이 될 위인들이었다.

여자애들은 뻔한 얘기에 책상 위로 눈물을 떨어뜨렸다. 나는 선생님 말씀 중 '부모님'의 '부' 자는 뺐으면 좋겠다고 생각했다.

교장 선생님이 다시 한 번 힐금거리며 지나갔다. 때마침 밑천이 다 떨어졌는지, 입이 지쳤는지, 아님 교장 선생님의 눈치 때문인지, 선생님은 말없이 문을 열고 나갔다. 뒤를 돌아보니 우영이가 손으로 급히 책상을 닦았다. 눈알이 빨갰다.

우리는 청소를 시작했다. 그런데 경필이 패거리는 껄렁껄렁하게 우영이를 위아래로 쭉 훑어보더니, 맡은 구역 청소도 안 하고 사라졌다.

"신경필 저 머시마 또 그냥 가고 자빠졌다. 꼭 멧돼지 같은 기. 다 지 때매 쌩고생하는 것도 모루고. 어휴, 재수 없어."

창숙이는 경필이가 사라진 쪽을 한참 동안 노려보았다. 눈에서 불똥이 떨어질 것 같았다. 하지만 난 청소를 하는 둥 마는 둥 흉내만 내고 있는 창숙이도 경필이 못지않게 얄미웠다.

"머시마들 때매 이기 뭔 꼴이고? 미친놈들."

"맞다. 완전히 싸이코다, 싸이코!"

"엄마가 빨리 오라 캤는데 난 맞아 죽었다. 썩을 놈들."

여자애들은 억울해서 못 살겠는지 저마다 한마디씩 운동장에 떨어뜨렸다.

집으로 돌아가는 길에 우영이는 내내 말이 없었다. 아까 응원 한번 안 한 게 마음에 걸렸다. 배신자로 찍힌 건 아니겠지? 지금이라도 사과할까? 머릿속이 엉킨 실타래 같았다. 결국 호준이와 상태와 난 신작로의 자갈만 툭툭 차면서 갔다.

"오빠야, 인자 오나?"

두 손에 초코파이를 들고 번갈아 베어 먹던 영순이가 웬일로 나를 다 반겼다. 그러고는 속사정을 다 알고 있다는 듯 동정어린 눈길로 나를 바라보았다.

"이때꺼정 벌 받았나?"

대꾸하기도 싫었다.

"이거 아빠가 사 온 긴데 오빠 니 꺼도 남가났다. 퍼뜩 가서 묵어라."

영순이는 기어코 한마디를 더 하고 혀를 날름대며 입술에 묻은 초코파이 부스러기를 핥아먹었다.

"내일 봐라. 해가 서쪽에서 뜰 낀께."

부엌에서 나오던 엄마도 모처럼 환한 얼굴로 나를 맞았다. 아버지는 적당히 취한 얼굴이었다. 웃음 조절 장치가 고장 났는지 수시로 웃음보를 터뜨리기도 했다.

문득 아버지에게 기분 좋은 일이란 무언지 궁금했다. 송아지를 판 것도, 매상을 끝낸 것도, 뻥튀기를 해서 돈을 번 것도, 자식들이 상을 타 온 것도, 아니었다. 시장 바닥에서 돈 뭉치라도 주운 걸까? 그렇다면 이왕 공돈인데 넉넉하게 인심을 쓸 것이지, 남자치고는 통이 좀 작다는 생각이 들었다. 그래도 이 정도만 한다면 난 매일이라도 안마를 해 줄 수 있었다. 그건 하늘에 맹세코 진심이었다.

모처럼 먹구름주의보가 잠시 해제되어서 집이 마음에 드는 날, 그 좋던 학교에서 일이 터졌다. 자꾸 신경이 쓰여 초코파이를 봐도 침이 고이지 않았다. 난 초코파이를 책가방 속에 몰래 넣어두었다. 그리고 내일 우영이한테 하나 주어야겠다고 생각했다.

오징어 놀이 사건 오 일째 되는 날, 우영이가 결석을 했다. 그 다음 날도 교실 맨 뒤에 빈 책걸상 하나가 동그마니 주인을 기다렸다.

그날, 수업을 마치고 선생님은 조용히 반장과 부반장을 불렀다. 그리고 다음 날 아침, 반장과 부반장은 아이들로 빙 둘러싸여 있었다.

반장이 무덤덤하게 말했다.

"우영이 저그 엄마 병으로 돌아가싰다. 어제 거 갔다 온 기다."

친구들과 주먹다짐을 했다고 선생님한테 벌을 받던 그날, 팔뚝으로 급하게 책상 위의 눈물을 닦던 우영이의 모습이 떠올랐다. 시무룩해하던 얼굴도. 그다음 날 내가 초코파이를 건넸을 때도 썩 달가워하지 않는 눈치였다. 난 그때 우영이가 단단히 삐친 줄 알고 얼마나 애태웠는지 모른다. 그러나 그건 아픈 엄마 때문이었다.

시간은 참 묘한 구석이 있었다. 우영이가 영원히 잊어버린 것 같았던 웃음을 되찾은 건 그로부터 삼 일이 지난 뒤.

청소를 하던 수만이가 먼지떨이로 칠판 밑에 고여 있는 분필 가루를 치는 바람에 교실이 난장판이었다. 햇빛에 비친 뿌연 분필가루가 신 나게 떠다니고 있었다. 수만이는 머리를 긁적이며 그늘을 찾았다. 그리고 신기하다는 듯 눈을 똥그랗게 뜨고 우리를 불렀다.

"야 야들아, 여기는 머 먼지 어 없데이. 일로 와 봐라, 빠 빠 빨랑."

"야 이 빙신 쪼다 새꺄! 눈에 안 보이는 기지, 없는 기가?"

족제비가 톡 쏘자 우영이가 씩 웃었다. 다들 한동안 우영이만 바라보았다. 그리고 잠시 뒤 교실은 온통 웃음바다가 되었다. 오징어 놀이 사건 이후 인상만 쓰던 경필이도 삐죽 웃음을 머금었다.

금요일 수업을 마치는 종이 우리의 졸음을 확 깨웠다.

"내일 오후에 다 남는다. 준비물, 체육복!"

선생님은 말 한마디 남긴 채 출석부를 들고 교무실로 갔다. 다들 한숨을 쉬었다.

"운동장 뺑뺑이 도는 거 아이가?"

상태가 혀를 길게 빼고는 더위 먹은 똥개처럼 쌕쌕거렸다. 나도 괜스레 걱정되었다.

흐린 토요일이었다. 하늘의 볼을 꼬집어 비틀면 비가 쏟아져 내릴 것만 같았다. 그런 날 일찍 수업을 마치고도 벌 때문에 더 남아 있어야 한다는 게 너무 짜증났다. 상태는 학교 가는 길 내내 불퉁한 입으로 투덜거리기만 했다.

"슨생이믄 다가? 지가 우리한테 해 준 기 뭔데. 배만 뿔뚝해가지고, 첫. 벌 줄라믄 어제 주든지, 이기 뭐꼬? 그자, 기범아?"

난 입을 열기 싫었다. 호준이까지 별 반응을 안 보이자 상태가 열 받은 목소리로 말했다.

"내가 뭐 틀린 말 했나? 너그는 괘안타 이 말이가?"

어쩌면 저러다가 뺑뺑이 돌기도 전에 힘이 풀려 털썩 주저앉을 것 같았다.

한 시간 한 시간, 수업 마치는 종소리에 심장이 멎는 듯했다. 애들도 나와 같은지 지우개나 분필 조각을 집어던지며 장난을 치지도, 우르르 교실 뒤로 몰려가 말타기 놀이를 하지도 않았다.

4교시 수업을 마치는 종소리가 유난히 크게 들렸다. 간이 덜커덩, 내려앉았다. 여자애들이 속삭이는 소리가 이따금 들려왔을 뿐 교실은 조용했다. 선생님은 무거운 표정으로 교실 문을 열었다. 체육복 차림에 꾹 눌러쓴 모자, 목에 걸린 호루라기, 오른손에 쥐어진 회초리……. 뭔가 단단히 벼르고 있는 모습이었다.

"체육복으로 갈아입고 운동장으로 전원 집합!"

드디어 올 것이 오고야 말았다. 벌써 바들바들 떠는 애들도 있었고, 선착순을 시킬까 봐 잽싸게 옷을 갈아입고 운동장으로 뛰쳐나가는 애들도 있었다.

운동장 한가운데에는 축구공 두 개가 놓여 있었다. 다들 고개를 갸웃거렸다. 모자챙 속에 숨어 있던 선생님의 눈이 살짝 웃자 애들은 가슴을 쓸어내렸다.

하늘은 여전히 잔뜩 찌푸린 상태였다.

"자, 지금부터 홀짝 번호로 편을 갈라 축구 시합을 한다. 공은 두 개, 무조건 최선을 다해라. 여학생들도 같이 뛴다. 진 팀은 이긴 팀 업고 운동장 한 바퀴!"

후드득 운동장에 빗방울이 내리꽂혔다.

"비가 와도 계속한다, 시작!"

선생님의 호루라기 소리가 날카롭게 하늘을 찔렀다. 그 소리를 신호로 위쪽 마을 아래쪽 마을 할 것 없이 아이들은 한데 어울려 공을 차기 시작했다. 병수와 천동희는 오늘도 아픈지 중앙 현관 쪽에서 비를 피하며 구경했다. 빗방울이 점차 굵어지더니 운동장은 금방 진창으로 변해 버렸다.

아이들은 미끄러지고 뒹굴면서도 악착같이 공을 따라 뛰었다. 경필이와 우영이도 오랜만에 가슴이 트이는지 고함을 지르며 경기에 열중했다. 여자애들이 축구공을 들고 도망치기도 했으나, 누구 하나 반칙이라고 걸고넘어지지 않았다. 선생님이 종료를 알리는 호루라기를 불자, 다른 편인 경필이와 우영이가 서로 배를 부딪치고는 얼싸안기까지 했다.

그렇게 한판 신 나는 빗속 축구 경기가 끝났다. 결과는 짝수 번호 승! 그때만 기다리고 있었는지 비가 거짓말처럼 딱 그쳤다. 학교 뒷산 위로 구름이 걷히고 해가 삐죽 얼굴을 내밀었다. 선생님이 하늘하고 짠 것 같았다. 나는 수만이를 업고 운동장을 뛰었다. 별로 힘들지 않은데 수만이는 미안하다며 중간에 내려 나를 업었다. 우리는 수돗가에 가서 물장난을 치며 대충 몸을 씻고 교실로 들어갔다.

책상 위에는 빵과 우유가 놓여 있었다.

"기분 어때? 좋지?"

"네!"

아이들의 쩌렁쩌렁한 소리가 활짝 열린 창문으로 빠져나갔다.

"곧 여름방학인데, 친구들끼리 불편하게 지낼 필요 있냐? 아까 신 나게 노는 거 보니까 다 풀린 것 같던데. 선생님 잘못 본 거 아니지? 이제 그만 서로 용서하고 음…… 6학년 마지막 시절 멋지고 재미있게 보내자. 이번 일도 평생 추억으로 남을 거다. 이상. 먹자!"

"우와!"

뒤에서 선생님을 새로 봤다며 소곤대는 소리가 들렸다.

아버지도 가끔 우리 가족을 위해 깜짝 놀랄 일을 벌이면 얼마나 멋질까? 집에 가는 길엔 슬퍼 보이던 파란 달개비 꽃잎도 산뜻해 보였다.

저녁을 먹은 뒤, 엄마는 쟁개비에 다슬기를 삶아 내왔다. 우리는 초록빛 탱자나무 가시를 하나씩 쥐고 토실토실 살찐 다슬기를 콕 찔러 파먹었다. 쌉싸래한 다슬기 맛이 혀끝에 느껴졌다. 웬일로 아버지가 평상에 앉아 다슬기를 집어 들고 영순이를 놀려먹다가 허허 웃기도 했다.

때로는 이런 날도 필요했다. 일년 내내 내 마음에 장마가 내린다면 얼굴에 슬픔과 짜증을 달고 살 게 아닌가? 그렇다고 내내 햇볕이 쨍쨍 내리쬐는 것도 썩 좋은 일 같지는 않았다. 만날 재미있고 만날 기뻐서 웃는다면, 행복도 얼마나 시시하고 지겹겠는가? 그래서 난 내 마음이 어둠으로 꽉 차기 전, 가끔은 오늘같이 햇살 가득한 날을 선물로 받는다면 크게 욕심 부리지 않을 작정이었다. 아버지가 가끔 변해서 집 안 구석구석에 웃음꽃이 주렁주렁 달리면, 행복도 얼마나 값진 줄 알게 될 테니까. 이런 생각을 한 게 스스로 기특해 어깨를 으쓱했다. 나도 어서 멋진 어른이 되어 행복한 가정을 꾸리고 싶었다. 누구누구랑.

모깃불은 여름 밤하늘의 별을 찾아 높디높게 올라갔다. 개똥벌레도 궁둥이 불을 켜고 따라 올랐다.

"술상 좀 봐."

아버지가 엄마한테 명령하듯이 말했다. 하여튼 분위기 깨는 데 선수였다. 이런 날 그냥 조용히 넘어가 주면 안 되나? 엄마는 불안한 표정으로 조용히 부엌으로 들어갔다. 내 가슴도 조금씩 벌렁대기 시작했다.

12
육손이

8월 17일

기철이 형이 제대로 사고를 쳤다.

세상에 육다리를 죽이려고 한 것이다. 순전히 고의로.

내 생각인데, 아마 아버지한테 맞아죽을 각오로 그랬을 거다.

형은 다리가 여섯 개 달린 육다리를 엄청 미워했었다.

그래도 그렇지, 그럼 우리한테까지 피해가 오는데.

형은 참 생각이 짧다.

지금 아버지는 아직 집에 돌아오지 않았다.

돌아오면 우린 다 죽었다.

아마 잠도 못 잘 거다.

지금이라도 좀 자 두어야겠다.

아, 근데 잠이 안 온다.

소 울음소리가 들린다. 계속 계속…….

얼마나 아플까?

육다리 엄마랑 육다리랑 몸도 몸이지만 속이 무지무지 상할 거 같다.

우리를 한 가족이라고 믿고 있었을 텐데.

배신당한 느낌이겠지.

육다리는 겁도 엄청 먹었을 거다.

앞으로 육다리와 육다리 엄마 얼굴을 어떻게 보나?

못난 기철이 형 대신 내가 사과하고 싶다.

미안, 육다라!

진짜진짜×1,000,000,000 미안!

가마솥더위가 온 마을을 푹푹 삶았다. 어른들은 살다 살다 이리 찜통 같은 날은 처음이라고 했다. 기철이 형은 아프리카 깜둥이 같은 얼굴로 조무래기들과 우르르 몰려다녔다. 형의 팔자걸음은 팔에 완장이라도 찬 듯 거만했다.

기철이 형의 명령 소리가 정자나무골을 울렸다.

"너그 두 맹은 적들이 쳐들어올지 몰루니까 총 들고 감시해 랏!"

"옛! 알겠습니다."

오른팔격인 종부와 왼팔격인 상태 동생 현태가 어설픈 방위처럼 합창했다. 총 같지도 않은 작대기를 치켜 든 채. 적을 생포해 일 계급 특진이라도 하려는 얼굴로. 유치한 게 나보다 한두 살 어린 티가 났다.

"그라고 나머지는 나를 따라랏! 이곳을 샅샅이 수색한다. 행동 개시!"

형이 독불장군인 양 으스댔다.

"야야 기철아, 저짝으로 가서 놀아라, 으이?"

잠에서 깬 상희 엄마가 짜증 섞인 목소리로 말했다.

내가 봐도 중학생씩이나 된 형이 노는 꼬락서니는 영 아니올시다였다. 나잇값도 못하고 여태 골목대장 행세라니. 가끔은 형과 생면부지의 남남이 되고 싶었다. 그런 생각이 들 때마다 한여름에도 주머니에 넣은 기철이 형의 왼손이 눈에 들어왔다. 그럼 신기하게 들끓어 올랐던 열은 싹 사그라졌다.

사람마다 건드리면 안 될 부분이 있었다. 나한테 아킬레스건은 아버지였다. 누가 아버지를 가지고 이러쿵저러쿵 뒷담화를 해대면 피가 거꾸로 솟으면서 뒷목이 뻣뻣해졌다. 기철이 형한테 그건 바로 왼쪽 손가락. 두 개로 갈라진 엄지손가락을 보면 친형이라도 왠지 꺼림칙했다. 중학생만 되면 수술을 시켜 주겠다던 엄마는 그 약속을 졸업 이후로 연기해 놓고 있었다. 그걸 진짜로 믿는지 육손이 기철이 형은 더 이상 엄마를 닦달하지 않았다. 대신 조무래기들 앞에서 한껏 거드름을 피우는 일에 기를 써 댔다. 얼굴에 철판을 깔고 당당하게 뻥을 치기도 했다. "교과서에는 안 나와 있는데, 홍길동이 글마도 손가락이 여섯 개였다 아이가. 힘이 거서 나오는 거라 카더라. 너그는 몰랐제?" 하고. 그럼 무식한 것들은 고개를 주억거리며 형을 떠받들어 모셨다. 내가 보기엔 그건 치명적인 약점을 가리려는 위장술이었다. 그걸 알고부터 형이 좀 안됐다는 생각이 들었다.

그런데 동에 번쩍 서에 번쩍했던 기철이 형에게도 위기가 찾아왔다. 임신했던 우리 집 소가 몸을 풀었는데, 글쎄 다리가 여섯 개 달린 송아지가 태어난 거였다. 처음에 형은 말로만 듣던 유니콘이 아니냐며 좀 있다가 뿔도 한 개 나올 거 같다고 법석을 떨었다. 색깔이 누르뎅뎅한 게 흠이었지만 이 정도면 훌륭하다고 송아지를 독차지하려 했다. 어찌 됐건 이건 정말이지 지구촌 뉴스나 해외토픽에 나올 만한 화제였다. 하지만 수의사가 다녀간 뒤로 산통이 다 깨지고 말았다. 반짝 관심을 보이던 수의사는 손바닥을 탈탈 털며 기형이라고 씁쓸한 결론을 내렸다. 어깻죽지에 달린 다리를 날개라 철석같이 믿었던 아이들은 실망감을 고스란히 드러낸 채 발길을 돌렸다. 그리고 아이들 사이에서 새로운 유행어가 나돌았다.

"육손이 병신, 육다리 병신."

그건 골목대장인 형의 권위에 똥칠을 하고도 남을 치명타였다. 형은 육다리를 보기만 하면 으르렁댔다. 솔직히 나도 집안 망신만 시키는 육다리가 꼴도 보기 싫었다.

육다리는 비실비실 골골했다. 생김새도 뭔가 부족해 보였다. 그렇다고 기철이 형이 육다리를 가엾게 봐 주진 않았다. 엄마와 아버지 눈을 피해 툭툭 때리는 건 말할 것도 없고, 꼬리를 세게 잡아당기거나 나뭇가지로 눈을 찌르기도 했다. 그럼 육다리는 몸을 움찔움찔하다가 어미 소 뒤로 숨어 삐죽 고개만 내밀었다. 하지만 어미 소가 육다리를 보호하는 데는 한계가 있었다.

기철이 형은 혼자 있는 시간이 많아졌다. 가끔은 감나무에 올라가 시무룩하게 먼 곳을 응시하기도 했다. 큰맘 먹고 내 몫의 알사탕을 줘도 본체만체했다. 가는귀가 먹었는지 밥 먹으라고 소리를 몇 번이나 질러도 "뭐라꼬?" 하며 되묻기도 했다. 그렇게 얼이 빠져 있다가도 어떨 땐 눈을 번뜩 빛내며 싸늘한 웃음을 지었다. 가끔은 불쾌한 담배 냄새를 풍기기도 했다.

기철이 형과 호동이 형 그리고 하석이 형이 소를 몰고 뒷산으로 향했다. 뭐하며 시간을 때울까 고민하던 상태랑 나도 쫄쫄 따라 붙었다. 우리는 방아깨비로 방아를 찧었고, 고추잠자리를 시집보냈으며, 돌멩이로 지나가는 뱀을 괴롭혔고, 막대기로 땅벌 집을 건드렸다.

"고마 가자."

해가 뉘엿뉘엿 저물자 호동이 형이 모기한테 물린 목을 벅벅 긁어 대며 말했다.

"너그 먼저 가라. 우리는 아부지가 소 배 뿔룩하게 안 해 오믄 직인다 캤다."

형은 능수능란하게 거짓말을 했다.

"뿔룩하잖아."

"요골로는 안 된다."

모두 사라지고 우리 둘만 남자 형은 서둘러 갈 채비를 했다. 삐쩍 마른 육다리는 혼자 신이 나서 어미 소 다리 밑으로 들어갔다가 빠져나왔다가 앞으로 씽씽 내달렸다가 천천히 걷기를 반반복했다.

형이 말없이 나에게 어미 소의 고삐를 건넸다. 난 이유도 모르고 고삐를 틀어쥐었다. 형이 슬며시 육다리의 뒤를 쫓았다.

오솔길로 육다리, 기철이 형, 어미 소, 그리고 내가 일렬로 걸어갔다. 왼쪽은 가파른 비탈이었다. 형이 계속 내 눈치를 보았다. 난 딴전을 부리는 척했다. 바로 그때였다. 형은 무방비 상태로 걸어가던 육다리의 다리를 걸고 비틀거리는 육다리의 몸통을 툭 밀었다. 순식간이었다. 육다리가 매애애매애애, 비명을 지르며 산비탈로 굴러 떨어졌다. 갑자기 어미 소가 힘껏 뒷발질을 하더니 산비탈 아래로 뛰어갔다. 그 기세에 난 고삐를 놓치며 앞으로 고꾸라졌다. 어미 소도 다리를 헛짚고 뒹굴었다.

"야, 씨발놈아! 그거 놓치믄 우짜노!"

형이 달려오더니 내 머리통을 후려갈겼다. 난 다리에 힘이 풀려 털썩 주저앉았다. 어미 소와 육다리는 저 밑에서 버둥대고 있었다. 큰일이었다.

"성아야, 오짜꼬? 오짜꼬? 어? 어?"

"……."

"아부지 알믄 큰일인데……."

"주디 닥치래잇!"

더 이상 대꾸했다간 형의 불끈 쥔 주먹에 주둥이가 뭉개질 것 같았다.

어둠은 인정사정없이 산을 덮쳐 왔다. 우웅 후우웅, 부엉이 울음 소리가 울려 퍼졌다. 오싹함이 등줄기를 타고 목덜미까지 올라왔다. 온몸이 우들우들 떨렸다. 형은 뒷감당을 어떻게 하려고 이토록 어마어마한 일을 저질렀을까?

"집에 가서 엄마한테만 슬쩍 말해."

형은 내가 자기 부하인 양 명령했다. 하지만 그런 걸 따질 형편이 아니어서 나는 집을 향해 정신없이 달음질쳤다. 발목이 삐끗했지만 아픈 줄도 몰랐다.

"엄마! 엄마!"

뒤란에서부터 고함을 지르며 마당에 들어서자 엄마는 부엌에서 얼굴만 빠끔 내비쳤다.

"숨넘어가겠다. 와? 와?"

"크 크 크 큰일났다. 소 소 소가……."

난 숨을 몰아쉬었다.

"소가 뭐? 똑바로 말 안 하나!"

"산삐탈로 구 굴러 떨어졌다."

엄마의 표정이 싸늘해졌다. 엄마는 손전등을 챙기고는 한시도 지체하지 않고 뛰쳐나갔다.

형은 산비탈 아래에서 안절부절못하고 있었다. 다행히 어미 소는 군데군데 생채기가 있을 뿐 별 탈이 없어 보였다. 하지만 육다리는 아직도 엎어진 채 매애애매애애, 소리를 냈다. 어미 소는 혓바닥으로 육다리의 얼굴을 핥았다.

"어이구. 내가 몬산다, 참말로! 우짜다가 이캤노?"

술독에 빠진 아버지가 그려졌다. 만약 이대로 육다리가 죽는다면 우리는 끝장이었다. 소는 우리 집 재산 목록 1호였다. 아버지는 소와 자식 중 하나를 고르라면 소를 고를지도 몰랐다. 그걸 모를 리 없는 형이 육다리 제거 작전을 펼친 건 간이 배 밖으로 튀어나오지 않은 이상 불가능했다.

내가 어미 소를 몰고 엄마와 형이 육다리를 거의 들다시피 해서 겨우겨우 집으로 왔다. 영진이 누나가 호들갑을 떨려던 영순이의 입을 막고 부엌으로 들어갔다.

아버지는 집에 없었다. 그래도 가슴이 펄떡펄떡 뛰었다. 외양간에서 육다리 신음 소리가 계속 들렸다.

누나가 형한테 숟가락을 쥐여 주었다.

"묵어라, 어서."

형은 상 위에 조용히 숟가락을 내려놓았다. 나도 이미 입 속으로 들어간 밥만 삼키고 숟가락을 놓았다.

잠이 오지 않았다. 내 곁에서 형의 어깻부들기가 들썩였다. 두 손을 사타구니에 끼우고 모로 누운 형이 가여웠다. 아침이면 형은 아버지 손에 피멍이 들도록 맞을지도 몰랐다. 난 궁리 끝에 형이 열 대를 맞으면 그중 세 대쯤은 내가 맞아 주어야겠다고 결심했다.

문을 열고 마루에 나앉았다. 반달이 슬프게 빛났다. 무릎을 꿇고 두 손을 꽉 쥐고 달을 바라보았다.

'달님, 제발요. 제발…… 제발…….'

심장이 딸꾹질을 하는 것 같았다. 아, 그냥 눈 한 번 깜빡이면 일주일쯤 잡아먹는 알약이 있다면…….

아버지는 자정이 다 되어서야 춘보 아제의 부축을 받으며 돌아왔다. 짖어 대는 똥실이를 발로 찰 힘도 없는지 방에 쓰러지자마자 코를 골았다.

굴뚝새가 뽀륵 뽀르륵 뽀르르륵, 떼 지어 날아가는 소리가 들렸다. 아침이었다. 부엌에서 밥 짓는 냄새가 났다.

"송아지 와 저렇노?"

아버지의 버럭 소리에 가슴이 쿵쾅거렸다. 드디어 때가 왔다. 후유. 빨리 실토하고, 눈 질끈 감고 몇 대 얻어맞고……. 한숨이 떨려 나왔다.

"인자 노망까지 들었는 갑네. 어제 술김에 또 부지깽이로 때린 것도 다 까묵고."

엄마도 매우 자연스럽게 거짓말을 하며 바쁜 척 부엌을 들락날락했다. 아버지는 큼큼 헛기침을 하며 변소로 갔다. 그걸로 끝이었다. 분명코 하늘이 도운 거였다. 갑자기 배가 고팠다.

아버지가 아침 일을 나간 뒤 형과 난 엄마 앞에 무릎을 꿇었다.

"너그 아부지 눈치챌까 봐 얼매나 살 떨맀는 줄 아나?"

엄마는 깊은숨을 내쉬었다.

"재수가 없었다 캐도 너그 잘몬한 기 더 크다, 이눔들아."

이건 재수가 없어 일어난 일이 아니었다. 형이 천벌을 받으려고 꾸민 짓이었다. 총애했던 부하들한테 받은 놀림과 무시를 육다리한테 분풀이한 거였다. 확 불어 버릴까 하다가 그냥 눈감아 주기로 했다. 후환이 두려웠다기보다 육손이로 살아가는 형의 아픔을 조금 느꼈다고나 할까.

"어제…… 너그 맘고생 한 걸로 벌은 충분히 받았을 끼다. 요분만큼은 기냥 넘어갈 끼니까…… 담부텀 정신 단디 채리고, 알겄나?"

엄마가 아버지보다 멋지게 느껴졌다. 휴, 십년감수했다.

육다리는 점점 더 여위어 갔다. 아버지는 병들어 죽기 전에 팔아야겠다며 우시장에 다녀왔다. 며칠 뒤 골목에 트럭이 들어왔다. 육다리가 질질 끌려가며 뒷다리로 버텼다. 그러면서 매애애매애애, 어미 소를 향해 울부짖었다. 맑은 눈동자에 눈물이 가랑가랑했다. 죄를 지은 것만 같아 목이 메었다. 술에 진탕 취한 아버지가 손해 보고 팔았다며 아까운 듯 나한테 이천 원을 건넸을 때 얄미워서 망설이지 않고 받아 챙겼다. 감사하다는 말은 생략했다. 영순이는 돈독이 단단히 올랐는지 돈에 뽀뽀를 하고 냄새까지 킁킁 맡았다. 이해가 안 되는 건 기철이 형도 용돈을 넙죽 받았다는 것. 인간도 아니었다.

어미 소의 울음은 몇 주가 지나도 끊이지 않았다. 목이 쉰 채로 울고 울고 또 울었다. 나도 속으로 울었다. 아버지는 내가 사라지면 저렇게 울까? 아버지는 소가 울 때마다 시끄럽다며 빗자루나 부지깽이를 휘둘렀다. 그 애비에 그 자식인 기철이 형도 똑같이 따라했다. 둘 다 감정이 너무 메말랐다.

여름방학이 다 지나갔다. 여름과 가을이 범벅 되고 있었다.

13
샌드위치

9월 13일

으악, 감나무!
아침에 일어나 보니 감나무 가지 하나가 툭 부러져 있었다.
여기저기 땡감은 흩어져 있고.
감나무는 얼마나 아플까? 나도 이렇게 아픈데.
다 태풍 때문이다.
아니다.
내가 너무 자주 걸터앉아서 그런 건지도 모른다.
분명히 일기예보엔 우리 지역은 비껴갈 거라 했는데.
얄미운 태풍은 늘 상처만 남기고 휭 떠나간다.

그런 점에서 아버지랑 똑 닮았다.

아버지도 술에 취해 집으로 자주 태풍을 몰고 온다.

술이 깨고 태풍이 가라앉으면 때려 부순 물건들만 고치고

상처 받은 우리 마음은 그냥 내버려 둔다.

난 장독에 말짱한 땡감과 숯과 재를 넣고, 물을 부었다.

떫은맛이 다 사라질 때까지

기다려야 한다.

9월 16일

학교에서 돌아오자마자 장독 뚜껑을 열고 감을 꺼내 한입 깨물었다.

떫었다. 도로 뚜껑을 닫았다.

참고 견디지 않으면 단맛도 볼 수 없는 건가?

휴! 세상에 쉬운 게 하나도 없다.

그럼 아버지와 가난이라는 떫은맛도 꾹 참고 견디면, 언젠가 내게 단맛을 선물할까?

가난은 아버지 다음으로 골치 아픈 문제다.

세상엔 돈을 물 쓰듯 써도 떵떵거리며 사는 부자들도 있고,

죽도록 일해도 가난한 사람들이 있다.

이런 불공평한 세상은 언제부터 생겨났을까?

나라에서도 그걸 인정하는지 영세민을 돕는답시고 생색을 냈다.

이왕 그러기로 작정했으면 통장으로 몰래 돈을 넣어주면 될 텐데,

왜 꼭 선생님을 시켜 애들 보는 앞에서 손을 들라고 하는지 모른다.

정말 치사하고 더러워서 그 따위 도움은 거절하고 싶었지만,

불행히도 그건 내가 결정할 문제가 아니다.

어쨌든 영세민이라는 건 꿰맨 양말보다,

김칫국물 밴 교과서보다 더 부끄러운 딱지다.

난 오늘 실과 실습 시간에 샌드위치 만들기 준비물을 못 가져 갔다.

그래서 점심시간에 혼자 운동장에 나가 하늘만 바라보았다.

눈물이 찔끔 났다.

온 식구가 총출동해 논에서 태풍에 쓰러진 벼를 세워 묶고 돌아왔다. 엄마는 부엌에서 술과 안주를 챙겼다. 다 같이 일했는데 아버지 혼자 평상에 편안히 누워 대접만 받으려고 했다.

난 장독 속에서 다 삭은 듯한 감을 꺼내 깎았다. 그러고는 아버지에게 내밀었다. 그래도 제일 힘들고 어려운 일을 많이 했으니까. 결코 아버지가 좋아져서 혹은 아버지한테 잘 보이려고 한

짓은 아니었다. 제발 아버지가 착각하지 말았으면 좋겠다고 생각했다. 내 마음을 아는지 모르는지 아버지는 빤히 쳐다만 보고는 엄마가 가져온 막걸리를 대접에 그득 부어 마셨다. 안주로 열무김치를 와작와작 씹어 먹는 모습을 힐끔 보니 어이없게도 행복한 표정이었다. 난 부끄러운 손을 거두어 영순이에게 감을 내밀었다.

 아버지는 별로 달라진 게 없었다. 집안일에 땀 흘리고, 같이 둘러앉아 밥을 먹기도 했지만, 그렇지 않은 날이 더 많았다. 난 가족보다 술을 더 좋아하는 것 같은 아버지가 당연히 싫었고, 지붕에 푸른 솔이끼가 낀 낡은 슬레이트집도 싫었고, 녹슨 양철로 사방을 에워싼 변소도 싫었다.

 지난 여름방학 때, 짝꿍 수만이네 집에 들른 적이 있었다. 우리 집에 자꾸 오고 싶다는 걸 "너그 집 먼저 간 담에 가자." 하고 미루었더니, 방학 중 학교 청소하러 간 날 당장 자기네 집에 가자는 거였다.

 수만이네 기와집은 완벽 그 자체였다. 벽마다 하얗게 페인트칠이 되어 있었고, 마루는 갈색으로 페인트칠을 한 다음 니스까지 먹인 것 같았다. 그리고 돌담에 기대 선 해바라기, 장독대 곁에 있는 앵두나무……. 부러운 게 한두 가지가 아니었다.

 수만이 부모님은 모두 일을 나가고 없었다. 마침 쪽진 머리에 한복을 입은 할머니가 섬돌에 앉아 옥수수 껍질을 까고 있었다.

난 꾸벅 인사를 했다.

"누꼬? 우리 수마이 동무가?"

"야. 할매 내 짝꿍이요."

할머니가 내 손을 꼭 잡았다. 따뜻했다.

"이름이 기범이라요, 권기범."

수만이는 할머니 귀 가까이에 입을 대고 거의 고함치듯 말했다.

"뭐시라, 감기 걸렸다고? 한여름에 무신 감기고?"

"아유, 할매는? 감기 걸린 기 아이고, 이! 름! 이! 권! 기! 범! 이! 라! 고! 요!"

이럴 수가! 그러고 보니 수만이는 말도 더듬지 않았다. 난 놀라워서 눈이 휘둥그레졌다. 하지만 수만이는 도리어 나한테 왜 그러냐며 고개를 꺄웃댔다.

"아아, 권기뱀이. 하이고야, 고놈 참 야물딱지고 복시럽기 생깄네."

할머니가 내 머리를 쓰다듬으며 말했다. 하지만 그건 할머니가 눈이 침침해져서 잘못 본 거였다. 가난한 집안 자식에, 술고래 아버지에, 실수투성이에, 약골에……, 내가 어딜 봐서 복스럽게 생겼단 말인가. 엄마도 가끔 자식들한테 '복도 지지리도 없는 것들'이라고 넋두리할 정도였다. 어쨌든 난 칭찬을 해 준 할머니 앞에서 '도시락'이라는 수만이의 별명을 부르지 않으려고 애를

썼다.

수만이와 난 할머니가 삶아 준 옥수수를 다람쥐처럼 갉아먹으며 과수원에 갔다. 일하는 어른들한테 공손하게 인사를 드리니, 수만이 엄마가 다가와 "우리 수마이캉 사이좋게 지내라이." 하며 복숭아를 한 봉지나 건네주었다.

수만이는 그야말로 행복한 가정의 외동아들이었다. 그런데 학교에서 왜 말을 더듬거릴까? 특히 여럿이 함께 있을 때나 경필이 패거리 앞에서는 보기 안쓰러울 정도였다. 겉보기엔 무척 행복해 보이는데, 수만이한테도 말 못할 고민이 있는 걸까?

집으로 돌아가는 길엔 힘이 쭉 빠졌다. 왜 나만 가난하고 불행해야 하는지 알 수 없었다. 가끔 학교를 파하고 호준이와 상태가 점방에 들를 때, 난 침만 삼키며 돌아섰다. 물론 호준이가 건네주는 과자를 얻어먹긴 했다. 하지만 그것도 한두 번이지 매번 그러기가 수치스러웠다.

공개 수배된 살인강도 용의자나 간첩을 신고해 포상금을 받는 꿈을 꾸기도 했다. 그 꿈이 이루어진다면 난 신문과 텔레비전에 나올 거고, 전교생 앞에서 상장도 탈 거였다. 아니 경찰청장이나 장군이 직접 헬리콥터를 타고 학교를 방문할지도 몰랐다. 나를 보러. 사람들은 훌륭한 자식 둬서 좋겠다며 엄마를 부러워하겠지. 그럼 난 포상금으로 엄마한테 으리으리한 기와집을 선물 할 거였다. 밉지만 앞으로 술을 완전히 끊겠다고 맹세하면 아버지한테도 번쩍번쩍한 경운기 한 대 정도는 사 줄 용의가 있었다.

나도 이렇게 기특한 생각을 하는데, 아버진 가장이면서 왜 이렇게 무책임할까? 적금 통장은 두고라도 산골짝에 땅뙈기 하나 마련해 둔 것 같지 않았다. 돈이 생기는 족족 흥청망청 술자리에 쏟아부었다. 아직까지 요 모양 요 꼴로 사는 건 다 아버지 탓이었다. 하지만 나한테 가난이라는 건 아버지의 겨드랑이에 붙은 털과 같았다. 아버지라는 장벽에 가려 생각 못할 때가 더 많았으니까. 가끔 불편하긴 했지만 가난 때문에 죽고 싶다고 마음먹은 적은 없었으니까. 근데 지금 이 순간, 난 가난 때문에 누에고치 속 번데기가 되고 싶은 심정이었다. 아무것도 안 보고 안 듣다가 때가 되면 창공을 향하여 훨훨 날아오르고 싶었다.

일요일 해가 뚝 떨어지고 있었다.

다음 날 실과 시간 때문에 내 머릿속은 걱정으로 득실댔다. 개학 다음 날부터 선생님은 귀에 못이 박히도록 강조 또 강조했다.

"9월 16일 월요일, 실과 시간에 샌드위치를 직접 만들어 볼 거니까 각 조별로 준비물 꼭 챙겨 올 수 있도록! 16일, 월요일이다."

청소를 끝낸 뒤 우리 조가 모였다. 은해와 창숙이 그리고 수만이와 나, 경석이가 우리 조였다. 경석이가 조장이나 되는 양

먼저 말을 꺼냈다.

"야, 그라믄 우리 준비물부터 정하자. 내 빨랑 가 봐야 돼. 우리 집 오늘 제사라서 진주에서 삼춘하고 고무 오걸랑. 선물도 사 올지 몰라."

경석이의 말투와 표정에 속이 니글거렸다.

"난 계란하고 감자!"

"그라믄 내는 오이하고 당근 겉은 거 챙기 오까?"

은해와 창숙이가 먼저 가져오기 쉬운 걸 짚찍었다. 그러자 수만이도 씩 웃으며 말했다.

"나 나는 시 시 식빵 가지 오께."

"내는 우리 집에 후라이팬 많으니까 한 개 갖고 와야겠다."

경석이가 유난히 '많으니까'에 힘을 주며 눈꼴시게 말했다.

잠시 뒤, 애들의 시선은 나한테로만 몰렸다. 노란 고무줄로 뒷머리를 잘록하게 묶은 은해가 물었다.

"권기범! 니는 뭐 갖고 올 낀데?"

"나? 어, 나…… 나는 뭐 갖고 오믄 되는데?"

"아, 참! 그라믄 니, 마요네즈하고 도마도케찹 가 와라."

창숙이가 손뼉을 치며 말했다.

"우리 집에 그런 거 없는데…… 와 나는 젤로 어려븐 거 갖고 오라 카노?"

"그라믄 진작에 니가 갖고 올 수 있는 거 말하지 뭐했노?"

창숙이가 몰아붙이자 난 말문이 막혔다.

십 분가량 옥신각신하다가 결국 마요네즈와 토마토케첩은 누가 가져올지 결정도 못 내리고 헤어졌다. 그게 지난 목요일의 일이었다.

난 보란 듯이 마요네즈와 토마토케첩을 준비하고 싶었다. 그래서 그날 저녁, 아궁이에 불을 지피는 엄마의 등 뒤로 가 안마를 시도했다. 은근슬쩍 준비물 이야기를 꺼냈다. 엄마는 귀찮게 굴지 말라며 나를 쫓아냈다. 그 후로는 아버지가 이틀 연속 술에 떡이 되어 돌아와 말할 상황이 안 됐다. 속만 끓이다가 며칠을 다 보냈다.

아침 해가 하나도 반갑지 않은 날이었다. 다 좋다가도 시험 성적이 떨어져서 손바닥을 맞는 날, 무슨 무슨 성금을 내야 하는 날, 그리고 준비물을 챙겨 가야 하는 날, 학교는 창피함을 만들어내는 공장 같았다.

상태는 마을 어귀에서부터 오늘의 요리에 대해서 조잘대더니, 서낭당 고개를 넘자 아예 대놓고 내 성질을 긁어 댔다.

"기범아. 니는 준비물 뭐였노?"

난 입을 꾹 다문 채 신작로의 자갈을 주워 미루나무를 맞추었다.

"야, 기범아. 니 준비물 뭐였냐고?"

상태가 꼴도 보기 싫어 입도 뻥긋 안 하고 발부리에 걸린 자갈만 찼다.

"니 삐짓나? 뭐 때매 카는데?"

상태는 별 희한한 놈 다 보겠다는 듯한 표정을 짓더니 이번에는 호준이 옆에 가 붙었다.

"호준아, 니 오늘 쌘두이치 만들어 물 생각하이 막 군침 안 도나?"

"몰라."

호준이는 내 표정을 흘깃 보더니 금세 입을 다물었다.

"내는 아침도 디기 마이 묵었는데 벌쎄부터 배가 꼬루락거린다."

상태는 둥그런 배를 쓰다듬으며 히죽 웃었다. 생각하는 수준이나 식탐이 영락없이 우리 영순이하고 판박이였다.

교실은 잔칫날 같았다. 들뜬 아이들로 수업은 당연히 엉망이었다. 난 망신당할 생각만 하면 교실 바닥이 푹 꺼지는 느낌이었다. 그냥 이대로 시간이 멈추었으면…….

근데 실과 시간은 어김없이 다가오고야 말았다.

"준비물 안 갖고 온 사람 앞으로!"

우영이와 천동희도 앞으로 나왔다. 난 안 가지고 온 게 아니라 못 가지고 온 거라며 애원의 눈빛을 보냈다. 하지만 선생님은 이유를 묻지도 않고 매부터 댔다. 손바닥이 홧홧 달아올랐다. 은혜에 보답하기로 한 마음을 그만 접어버리고 싶었다.

난 우리 조에 갈 자신이 없었다. 거기서 빵 부스러기 하나도 못 얻어먹을 것 같았다. 경석이와 창숙이가 볼따구니에서 심술을 꺼내 나를 몰아세울 게 뻔했다. 둘 다 아수라 백작의 후계자로 손색이 없었으니까.

종 치기 오 분 전, 슬며시 교실을 빠져 나왔다. 누가 부르며 잡는 것도 아닌데 자꾸만 뒤를 돌아보았다. 난 몸뚱어리를 가릴 수 있는 느티나무를 등지고 앉아 뒷머리를 콩콩 찧었다. 그러다가 나무때기로 땅을 파며 가난한 우리 집을 원망했다.

누군가 신발을 끌며 오는 소리가 들렸다. 난 몸을 바짝 움츠렸다. 누굴까? 내 코앞에서 걸음 소리가 멎었다. 누굴까? 눈알만 굴려 위를 올려다보았다.

영지였다. 영지는 뒤로 돌린 손을 앞으로 내밀면서 샌드위치를 건네주었다.

"자, 이거."

"뭔데?"

난 다 알면서 물었다.

"샌드위치."

"야, 내가 뭐 거진 줄 아나?"

"권기범! 니 점심 굶었잖아."

"그래도 싫다. 니나 실컷 묵어라."

"난 두 개나 묵었다. 니 배 안 고푸나?"

"안 고푸다. 가라, 가시나야."

영지는 맑은 눈을 깜빡이며 신발 코로 땅바닥만 찼다. 그래서 내가 먼저 자리를 피했다. 창피하게 눈물이 펑펑 났다. 수돗가로 가 세수를 하고 배가 터지도록 물을 마시고 교실에 들어갔다. 영지는 고개를 숙이고 있다가 내가 들어서자 책상에 엎드렸다. 미안했다.

난 자리에 앉아 멍하니 칠판만 바라보았다. 수만이가 싱긋이 웃으면서 책상 밑으로 샌드위치를 내밀었다.

"아까 오 오데 갔었노? 아 암만 찾아도 없던데."

"그냥 잠깐……."

난 눈으로 고맙다는 인사를 하고 샌드위치를 책가방 속에 집어넣었다. 문득 아직까지 수만이를 우리 집에 초대 못 한 게 마음에 걸렸다.

집에 가는 길에 호준이가 내 몫으로 남겨둔 샌드위치를 먹으면서도 맛을 알지 못했다. 상태는 그렇게 먹고도 내 샌드위치에 눈독을 들였다. 막 짜증이 났다. 집에서는 엄마가 말을 붙여도 대꾸도 안 하고 꽁해 있었다. 영순이가 조금만 눈에 거슬리면 바락 성질을 냈다.

"장날도 아인데 들어 보지도 못한 그 뭐시고, 마요네즈하고 도마도 뭐시기 하고 우찌 사 오노?"

엄마가 힘없이 말했다.

"그래서 내가 매칠 전부터 말했다 아이가."

난 방문을 쿵 닫고 나와 정자나무골에 갔다. 마음이 답답했다. 금방 후회할 짓을 또 하고 말았다. 어차피 다 끝난 일인데.

'엄마. 엄마 마음 아푸게 해서 미안.'

풀벌레가 찌르륵찌르륵, 아픈 내 마음을 위로해 주었다.

'그리고 남영지 니한테도 미안하다. 니는 내 생각해서 쌘드이치 가 온 긴데 나는 받아 묵지도 않고, 또 가시나라꼬 캐서. 히유……'

난 동산에 한숨을 떨어뜨리고, 달을 등진 채 집으로 돌아왔다. 정말 달이 내 등에 엎힌 건지 발걸음이 엄청 무거웠다.

아직 같이 놀 상대를 찾지 못한 영순이가 종이 인형의 종아리를 때리면서 혼을 내고 있었다. 난 가방에서 수만이가 준 샌드위치를 꺼내 영순이에게 내밀었다. 그러자 영순이는 입을 함박 벌리며 갖은 아양을 다 떨었다. 웬일로 "오빠야 니는 안 묵나?" 하며 예의를 차리기까지 했다. 그러고는 쥐새끼처럼 야금야금 아껴 먹다가 반도 못 먹고 형한테 뺏기고 말았다. 울고불고 야단도 아니었다.

며칠이 지났지만 아직도 영지의 마음은 얼음장이었다. 친구들과 재미있게 이야기하다가도 내가 다가서면 눈을 내리깔고 입을 닫았다. 목에 생선 가시가 걸린 기분이었다.

힘없이 집으로 돌아왔다. 평상은 빨간 고추한테 자리를 내어 주고 있었다. 고추는 뜨거운 햇볕에 속을 드러내며 바싹 말라 갔다. 내 진짜 마음도 저 고추 속처럼 영지가 볼 수 있다면.

영순이는 마루에 다리를 쩍 벌리고 앉아 뭔가를 열심히 만지작거리고 있었다. 머리핀이었다. 분홍색 코스모스 모양이었다. 선머슴아같이 굴다가 천생 계집애 같다가. 어느 모습이 진짜인지 갈피를 잡을 수가 없었다.

"그거 오데서 난 긴데?"

"언니야 낀데 내하고 같이 하자 캤다."

"니 요새 좋아하는 머시마 생깄나? 와 그리 얼굴에 관심이 많노?"

갑자기 영순이의 볼은 평상 위의 고추 빛깔이 되었다. 별꼴이 반쪽이었다. 하지만 제 아무리 꽃단장을 해도 영순이는 영지 근처에도 못 간다.

난 결심했다, 코스모스 머리핀을 영지한테 주기로.

저녁 밥상을 치우고, 영순이가 텔레비전에 한눈을 팔고 있을 때 난 머리핀을 슬쩍했다. 그리고 오줌을 누러 가는 척하며 자리를 떴다. 공들인 거 없이 작전 성공이었다. 물론 한바탕 도둑을 잡는다며 야단법석을 치렀다. 영순이가 눈물 콧물 범벅된 얼굴로 서럽게 울자, 누나도 화를 내지 못했다.

내 예상은 적중했다. 노란빛이 돌기 시작한 은행잎에 '미안'이라고 써서, 머리핀과 함께 영지의 책상 안에 넣어 두었다. 아무도 몰래. 그랬더니 영지는 잇바디를 보이며 활짝 웃고는 얼굴이 발개진 채로 교실 뒷문을 열고 나갔다.

다음 날, 영지의 머리에 핀 코스모스는 방싯방싯 나를 향해 웃었다. 누나나 영순이가 하는 것보다 백배 예뻤다. 길가에 핀 코스모스 꽃 모두 영지가 방글방글 웃는 것 같았다. 내 가슴에도 코스모스가 피었다.

나중에 돈이 생기면 누나와 영순이의 머리에도 예쁜 꽃 한 송이씩 꼭 선물해야지. 엄마한테는 뭐가 좋을까? 그래, 화장품이 좋겠다. 읍내에서 우연히 정님이 엄마와 마주치면 몰라보게 예뻐진 엄마를 보고 정님이 엄마 기가 팍삭 죽게. 아버지와 기철이 형은 앞으로 하는 거 봐서 결정해야지. 자꾸 웃음이 나왔다.

14
가족사진

10월 13일

추석.

미치겠다.

또 아버지가 우리 가족 기분을 완전히 망쳐 버렸다.

아버지.

풀어도 풀어도 잘 풀리지 않는 산수 문제 같다.

언젠가 선생님이 뭐든 긍정적으로 생각하면

힘들어도 이겨낼 수 있다고 했는데, 지금 보니 새빨간 거짓말이다.

그렇게 마음먹다가도 아버지와 가난이라는 벽에 가로막히면 앞이 안 보인다.

가끔 가출을 결심하고 꼼꼼히 계획도 세워 봤지만 막막하긴 마찬가지다.

길거리를 헤매다가 거지가 되는 환상이 보이고,

때론 부잣집 할머니의 눈에 띄어 양자가 되는 환상이 보인다.

그리고 늘 뒤에서 슬픈 표정으로 바라보는 엄마.

큰형 애인한테 창피하다.

아버지 때문에 큰형 애인이 큰형하고 결혼 못하겠다고 하면

큰형 불쌍해서 어떡하지?

이제 추석하고 설날 때 아예 안 오면 어떡하지?

그럼 선물은? 용돈은?

아버지는 아버지 자격도 없다.

아버지 삼행시.

아: 아버지를

버: 버리고 싶다

지: 지인짜!

까치 두 마리가 감나무에 앉아 서로의 주둥이를 부딪치며 깍깍, 아침을 알렸다. 부엌에서 나무 도마에 칼자루 끝으로 콩콩 마늘 빻는 소리가 들렸다. 얼마 뒤, 엄마는 새벽 공기 묻은 손으

로 우리의 등줄기를 훑었다. 여전히 실눈 뜬 채로 천장을 바라보다 슬며시 이불깃을 끌어올리던 나는 이불을 확 젖혔다. 몸이 가뿐했다. 어제 모처럼 가마솥에 데운 물로 목욕을 한 덕분이었다. 때수건으로 빡빡 밀어대는 엄마의 매운 손길에 통통 불은 때가 칼국수처럼 밀렸다.

"어이구, 이눔아! 까마구가 성님 성님, 카믄서 따라오겄다."

엄마는 등판을 찰싹 때렸지만 난 창피한 마음에 아픈 줄도 몰랐다. 엄마가 사타구니까지 아무 거리낌 없이 문대자 난 엉거주춤한 자세로 몸을 움츠렸다. 그 바람에 볼기짝까지 찰싹 맞았다. 주사를 맞는 것만큼 싫었다. 그냥 평생 때하고 살고 싶은 심정이었다. 다음 차례가 영순이였는데, 그 별종은 목욕을 즐기는 듯 깔깔거렸다. 내년에 중학생이 되면 이런 짓은 반드시 졸업하겠다고 다짐했다.

추석이 내일로 바짝 다가왔다. 난 오늘 두 손으로도 모자라 선물을 등에 지고 어깨에 메고 입으로 물고 오는 큰형과 큰누나를 상상했다. 그러자 하루해의 길이를 가위로 싹둑 자르고 싶었다.

아침을 먹자마자 엄만 "청소 깨깟이 해 놓고 놀로 가래이." 하며 으름장을 놓았다. 걱정도 팔자. 안 그래도 그럴 생각이었다. 내 담당 구역은 헛간과 변소. 난 헛간으로 가 누런 호박 덩이들을 차곡차곡 쌓고, 널브러진 나무토막들을 한곳에 모아두고, 물을 뿌렸다. 그러고는 싸리비로 싹싹 쓴 다음 쓰레기는 뒤란 한구석에 모아 불을 지폈다. 연기가 몽개몽개 피어올랐다. 추석 기분이 물씬 났다. 변소 청소를 할 땐 똥 냄새마저 향기로웠다.

형도 마음이 설레는지 마루 밑에 거미줄 하나, 마당에 검불 하나 보이지 않았다. 섬돌 위에는 신발 두 짝씩 나란히 정돈되어 있었다. 영순이 작품이었다. 방 청소를 끝낸 누나는 엄마와 함께 송편을 빚었다. 개다리소반 위엔 하얀 반달 같은 송편이 놓여 있었다. 난 엄마 앞에서 이마에 송골송골 맺힌 땀을 닦았다. 그러자 엄마가 팥소 한술을 입 속에 넣어 주었다.

더디게 시간이 흐르고 버스가 몇 대나 지나갔지만 큰형인 기덕이 형과 큰누나인 영분이 누나는 깜깜무소식이었다. 시무룩한 표정으로 집에 돌아왔을 때, 엄마는 마당에서 화덕에 가마솥 뚜껑을 뒤집어 걸고는 부침개를 부치고 있었다. 솔방울 땔감은 벌건 꽃송이처럼 타올랐다. 난 고구마와 우엉 부침개로 고픈 배를 채운 뒤 다시 한길로 내달렸다.

해는 자꾸만 서산을 향해 기울어 갔다. 배고픈 생각도 잊었다. 버스가 정차할 때마다 형제나 친척 들을 마중 나온 애들은 두 팔을 휘저으며 달음박질쳤다. 이제 막차뿐이었다. 산 그림자가 마을을 집어삼킬 듯 다가오고 있었다. 집집마다 마루에 홍시 같은 백열등이 빛났다. 밤하늘엔 성긴 별이 여기저기 돋아났다. 난 어슴푸레한 신작로의 미루나무를 물끄러미 쳐다보았다.

다리가 저려 앉음새를 고치는데 누군가 내 어깨를 툭 쳤다.

"오빠야, 엄마가 올 때 되믄 온다꼬 퍼뜩 들어오래."

"쫌 있으면 막차 오는데 뭐."

"그라믄 내도 같이."

"니는 가라, 이때꺼정 내 혼자 기다맀는데……."

난 하루 종일 기다린 보람을 독차지하고 싶었다.

"싫다, 내도 기다리 끼다."

그때 불 밝힌 버스 한 대가 마을 어귀에 멈추어 섰다. 눈을 부릅뜨고 쳐다봐도 어둠에 묻힌 얼굴들은 분간하기 힘들었다. 난 쭈뼛쭈뼛 걸어 나갔다.

"기범아! 어? 우리 영순이도 나와 있었네?"

큰누나 목소리였다.

"와 인자 오는데?"

난 볼멘소리를 하며 큰누나의 팔을 잡고 발걸음을 재촉했다. 오기만 하면 심통을 한 바가지 퍼부을 심산이었는데, 막상 얼굴을 보자 반가움에 목이 메었다. 근데 가만히 보니 처음 보는 여자가 큰형과 팔짱을 끼고 따라오고 있었다.

"큰오빠 애인? 안녕하세요? 저는 귀염둥이 막내 영순이에요. 권영순."

나는 영순이의 대담성에 또 한 번 놀랐다. 게다가 서울말을 쓰는 꼴이라니. 코웃음이 절로 나왔다. 큰형 애인으로 추정되는 여자는 수줍게 인사를 했다. 그러자 얼굴에 강철판을 깐 영순이가 그 여자한테 다가가 손을 잡았다. 난 잠깐 영지와 팔짱을 끼고 명절 때 처갓집에 인사드리러 가는 상상을 했다. 그 상상이 허파에 바람을 집어넣었는지 자꾸 웃음이 새어나왔.

"오니라꼬 고상 많았제? 배 고푸긴데 저녁부터 묵자. 퍼뜩 손 씻고 들어가."

엄마는 그러면서 큰형 옆에서 꾸벅 인사하는 여자의 손을 어루만졌다. 하지만 나와 영순이는 선물 꾸러미에만 신경을 곤두세우고 있었다. 그걸 큰형이 알아챘는지 종이가방 쪽으로 손을 내밀었다.

"우리 막둥이, 새언니 될 사람이 빨간 잠바 사 왔대이."

"어? 언니야는 빨간 구두하고 이쁜 머리띠 사 왔는데…… 이 잠바하고 딱 어울리겠네? 뭐하고 있노, 후딱 입어 봐라."

큰형과 큰누나 사이에 이상한 눈빛이 오갔다. 하지만 영순이가 빨갛게 차려 입고 까르르 웃음을 터뜨리며 방 안을 두 바퀴 빙빙 돌자, 탄성을 지르며 손뼉을 쳐 주었다. 고추장을 뒤집어쓴 것 같은 영순이의 모습에 나도 억지웃음을 지었다. 엄마의 스웨터와 아버지의 가죽장갑이 공개되고, 이제 틀림없이 영진이 누나와 기철이 형과 내 차례였다. 그런데 큰형과 큰누나는 엄마가 차려온 밥상을 받고 서둘러 저녁을 먹었다. 난 밥 생각이 사라진 지 오래였다. 저녁을 다 먹은 뒤에도 두런두런 지나온 이야기만 했다. 이불을 깔고 누울 때까지 선물은 없었다.

난 방문을 거칠게 여닫고 나왔다. 울적한데 달은 눈부시게 환했다. 난 배불뚝이 달에게 한참 눈을 흘겼다. 그리고 아랫방으로 가 이불을 뒤집어쓰고 어깨를 들썩였다.

"내일 절 하는가 봐라. 빙신! 쪼다! 어바리 사촌!"

마을 아이들 모두 나를 빙 둘러쌌다. 먼저 한 벌 멋들어지게 빼입은 상태가 혀를 쏙쏙 내밀었다. 그다음엔 종호가 맛깔스러운 과자를 흔들며 깔깔댔다. 상희, 문수, 현태, 순기, 호준이 심지어 영순이까지 추석빔을 뽐내면서 뜀박질을 했다. 나만 후줄근한 체육복에 더러운 운동화를 신고 있었다. 아이들은 자기네들끼리 강강술래를 하는 것처럼 둥그렇게 손을 맞잡고 노래를 부르며 하늘 높이 날아올랐다. 새 옷도 새 신도 없는 내가 꺼이꺼이 울자 뜬금없이 천동희가 나타나 어깨를 어루만지며 위로했다.

깜짝 놀라 눈을 뜨니 새벽이었다. 베갯잇에 눈물이 젖어 있었다. 분해서 잠도 잘 안 왔다.

추석날 아침이었다.

"기범아이, 저눔으 짜슥 뭐하노? 퍼뜩 안 일나나?"

엄마가 불렀지만 난 못 들은 체했다. 영진이 누나가 불러도 눈만 끔뻑였다. 잠시 잠잠하더니, 이번엔 영순이가 문을 열어젖뜨리며 큰소리로 불렀다. 그래도 시큰둥이처럼 반응이 없자 마구 흔들어댔다. 오빠의 뒤틀린 마음을 눈치 못 채는 돌대가리였다.

"안 일나믄 아빠 온다 캤다, 혼내키로."

난 억지로 일어났다. 거울을 보니 눈이 뚱뚱 부어 있었고, 간밤에 쥐가 집을 지었는지 머리 꼴이 말이 아니었다. 그 꼴을 보고 큰형 애인이 킥킥 웃었다. 기분 나빴지만 참았다.

아침부터 뭔가를 질겅거리며 샐샐 웃기까지 하는 영순이가 밉광스러웠다. 난 고양이 세수만 하고 방으로 들어갔다. 옷도 안 갈아입고 양말도 안 신은 채 절할 생각이었다. 그러면 내 처량한 꼴을 보고 조상님들이 큰형과 큰누나한테 큰 벌을 내릴지도 몰랐다. 그러기를 진심으로 바랐다.

"꼬라지하고는, 쯧쯧쯧."

아버지가 향을 피우고 지방을 붙이며 꾸지람을 했다.

난 아직도 추석빔을 입지 못한 설움에 눈물이 핑 돌았다. 이따가 동구 밖에 나가면 애들은 멋쟁이로 변신해서 거리를 활보할 거였다. 집 안팎으로 꼴 보기 싫은 것들 천지였다.

정신이 혼미한 상태로 절을 올리고, 일어섰다, 다시 올리고⋯⋯. 그러다가 난 인생 최대의 굴욕적인 순간을 맞이했다. 절을 하고 또 절을 하다가⋯⋯, 그만 뺑그르르 앞으로 한 바퀴 구르고 만 거였다. 쏟아진 술 주전자, 흩어진 밤과 대추, 떼굴떼굴 굴러다니는 사과와 배⋯⋯. 차례상이 엉망이 되었다. 서둘러 엄마가 들어와 걸레를 훔쳤다. 심장이 멎는 듯했다. 상을 정리하는 동안 부엌에서 누나들이 이 어처구니없는 상황 앞에 쿡쿡 웃음을 터뜨렸다.

 난 후들거리는 다리를 억지로 떼어 삼십육계 줄행랑을 놓았다. 어쩌다가 그런 실수를 저질렀는지 아득하기만 했다. 차례상을 다 뒤집어엎고, 술 주전자 주둥이를 빨고 있는 아버지의 모습이 그려지자 심장이 고장 난 듯 펌프질을 해댔다.

 뒷산 솔수펑이 속으로 들어갔다. 따스한 가을 햇살에 꾸벅 졸다가 놀라 깨어나기를 몇 차례. 배는 눈치도 없이 꼬르륵거렸다. 그러고 보니 어제부터 한 끼도 제대로 먹은 게 없었다. 집 쪽을 바라보았다. 감나무에 앉아 있던 참새 떼가 일제히 날아올랐다. 아버지가 홧김에 쫓아버렸는지도 몰랐다. 난 그대로 마른 풀밭에 벌렁 드러누웠다.

 바스락바스락, 어디선가 검불 밟는 소리가 들리는 듯싶더니 순식간에 인기척은 사라졌다. 난 숨을 죽였다.

 "워이!"

 깜짝 놀라 뒤를 돌아보니 영순이었다. 한 손으로는 문어 다리를, 다른 손으로는 귤과 곶감을 쥐고 있었다.

 "야, 이 까시나야! 놀랬잖아. 콱 쌔리삘라, 쫏."

 "오빠야 니 아빠한테 혼날까 봐 여 있는 기제?"

 영순이가 정곡을 콕 찔렀다. 꾸르륵대는 배를 움켜쥐자, 영순이는 곶감을 쑥 내밀었다. 꼭 적선 받는 기분이라 약이 올랐지만 난 도로 집어넣을까 봐 휙 낚아챘다.

"아 아부지 오짜고 있노?"

"방에."

영순이는 여전히 문어 다리를 씹으며 성의 없이 대꾸했다. 열불이 치밀어 올랐지만 꾹 참고 계속 추궁했다.

"방에서 뭐하는데?"

"몰라."

"엄마는?"

"엄마? 몰라."

영순이 입에 재갈을 물리고 싶었다.

"야, 이 등신 겉은 까시나야. 그라믄 아는 기 뭐꼬? 아이다, 됐다 됐어. 빨랑 꺼지라. 내 여깄다꼬 말하믄 직이삔대이."

난 얼굴을 오만상 구기고 영순이를 협박하며 귤을 빼앗았다. 껍질을 벗기기가 무섭게 귤을 통째로 입 안에 욱여넣었다. 그리고 대충 우물거리고 꿀꺽 삼켰다. 그 정도로는 간에 기별도 안 갔다.

그때, 사람들 떠들어 대는 소리가 들리더니 우리 가족 모두가 나타났다. 무슨 일인지 형수가 될지도 모르는 큰형 애인은 안 보였다. 아버지는 뒷짐을 진 채 떨떠름한 표정이었다. 죄인처럼 잔뜩 주눅 들어 고개를 푹 숙인 내 모습에 큰형이 실소를 터뜨렸다.

"그래 절하다가 꼬꼬제비 넘은 소감이 우떻노?"

"……."

"갑작시리 버부리가 됐나? 와 말을 몬하노?"

'빙신, 똥통에나 빠져라.'

내 가슴속에서 장작불이 활활 타올랐다.

"오빠야, 고마해라."

영진이 누나가 안쓰러운 표정으로 내 머리를 쓰다듬어 주었다. 아버지가 나를 쳐다보았다. 오금이 저렸다. 이럴 바엔 차라리 빨리 욕 얻어먹고 혼나는 게 백번 나을 것 같았다. 하지만 아버지는 가타부타 말이 없었다. 봐 준다는 뜻인지 이따가 보자는 뜻인지 분간이 안 가 혼란스러웠다.

"자, 다 모였으니까 찍읍시다!"

큰형이 흩어진 가족들을 모았다. 난생처음 가족사진이라는 걸 찍을 모양이었다. 큰형의 지시에 따라 가족들이 일사불란하게 움직였다. 앞줄에 엄마가 영순이를 안고 앉았고, 영진이 누나는 기철이 형을 안았다. 뒷줄에는 큰형과 큰누나가 줄을 맞추었다. 그리고 버림받은 나는 아버지가 안으려고 했다. 벗어나려고 발버둥을 쳤지만 아버지는 우악스레 나를 부둥켜안았다. 난 자포자기하는 심정으로 최대한 인상을 펴며 얌전하게 굴었다. 용서해 줄 것처럼 해놓고 나중에 딴소리하면 아버지를 아버지로 안 부를 생각이었다.

언제 왔는지 멀리 사는 사촌 형이 나타나 사진기를 잡았다.

"자, 찍으께요. 한나 두울······."

영순이가 "짐치." 하고 앞니 빠진 입을 벌렸다.

"세엣!"

찰칵, 소리와 함께 가족사진이 찍혔다.

어느새 아버지는 사라지고 없었다. 명절에도 누가 반긴다고 술 마실 건수를 찾으며 이 집 저 집 돌아다녀야 직성이 풀리는 아버지였다. 하지만 설마 큰형 애인까지 있는데 깽판을 칠 것 같지는 않았다.

난 실컷 주전부리를 하고도 저녁을 세 그릇이나 먹었다. 불만 가득한 표정으로. 그리고 윷놀이하자고 꼬드기는 큰형을 본체만체하고 밖으로 나왔다.

"그라믄 기범이 줄라꼬 사 온 과자는 영순이 다 줘야 되겠네."

큰형의 말에 동작이 저절로 멈춰졌다. 난 오줌을 누고 온 척 은근슬쩍 다시 방으로 들어갔다. 그러자 큰형이 내 팔을 잡아끌어 앉혔다.

"기범아, 성아가 미안타. 영분이하고 말 맞차가 성아는 기범이 꺼, 영분이는 영순이 꺼 사 오기로 했는데 내가 헷갈렸다 아이가. 그 대신에 이 과자는 기범이 니 다 해라. 영순이는 한 개라도 얻어묵을라믄 기범이 오빠야 말 잘 들어야 된데이. 설날에 올 때, 우리 기범이 멋진 잠바 하나 꼭 사 주께. 알겄제?"

난 큰형이 잘못을 진심으로 뉘우치는 것 같아 한 번만 용서

해주기로 했다. 그렇다고 자존심이 있지 금방 헤헤거리지는 않았다.

"그라고 요거는 얼마 안 되지마는 기범이 용돈이다. 자, 받아라. 요거는 영진이 꺼, 요거는 기철이 꺼. 애끼 써래이, 알겠나?"

큰형은 생각보다 멋진 사나이였다. 난 입이 안 다물어졌다.

종합선물세트가 통째로 내 차지가 되는 바람에 영순이가 우거지상을 지었다. 난 윗사람답게 새우깡, 꿀꽈배기, 빠다코코낫, 쥬시후레쉬 껌, 영양갱, 자두맛 사탕을 조금씩 나눠 주었다.

"자, 그라믄 지금부터 윷놀이나 해볼까나?"

난 큰형 편이 되고 싶었다. 풀벌레 울음소리에 추석 밤은 깊어만 갔다. 우리 집에도 웃음꽃이라는 게 피어났다.

식구들이 한데 모여 있으면 가슴에 모닥불이라도 피우는 것처럼 훈훈하고 든든했다. 다 함께 시골에서 멋들어진 기와집을 짓고 땅을 일구고 곡식을 가꾸면서 살면 얼마나 행복할까? 형제끼리 똘똘 뭉쳐서 엄마를 보호하면 아버지도 꼼짝 못할 거고.

컹컹!

똥실이가 짖는 소리에 잠이 확 달아났다. 이유도 모른 채 심장부터 벌렁댔다. 삐거덕, 방문을 열자 비틀대며 똥실이를 발로 차고 있는 아버지가 보였다. 똥실이는 깨갱거리며 뒤로 물러났다. 엄마가 맨발로 달려와 인사불성이 된 아버지의 팔을 붙잡았다. 설마가 또 사람 잡았다.

"치아라! 다 필요 없다."

"와이카요, 참말로. 넘사시럽고로. 손님도 와 있는데?"

"손님? 손님 겉은 소리 하고 자빠졌네."

아버지가 그러면서 팔꿈치로 엄마의 가슴께를 쳤다. 엄마가 가슴을 부여잡고 쓰러졌다. 숨도 겨우겨우 쉬었다. 큰형이 용수철처럼 튀어나와 엄마를 부축했다.

"뭐 갤혼? 안 돼. 그럼 안 되지, 안 되고 말고. 오데 여자가 없어가 근본도 모루는 고아고, 고아가!"

"와 겉만 보고 판단합니꺼. 이 사람 이래봬도 천삽니다, 천사. 내 겉은, 고아보다 몬한, 내 겉은 사람 좋다고……."

큰형이 갑자기 울먹이는 바람에 그다음 말은 못 알아들었다. 아버지도 뭐라고 고래고래 소리를 질렀다. 그러고는 추석 선물로 받은 가죽장갑을 마당에 내다버렸다.

"아, 씨발!"

난 내 귀를 의심했다. 큰형이 아버지를 향해 두 눈 부릅뜨고 쌍욕을 했다. 갑자기 집 안은 정적에 휩싸였다.

"이놈의 자슥이!"

아버지가 큰형의 머리통을 후려갈기려는 찰나, 큰형은 아버지의 두 팔을 붙잡아 그대로 패대기치고 말았다. 아버지가 맥도 못 추고 땅바닥에 뒹굴었다.

"기덕아, 그라믄 안 된다. 제발, 엄마 봐서 한번만, 으이?"

엄마가 애원조로 말렸지만 큰형은 이미 성난 황소였다.

"아부지가 우리한테 해 준 기 뭔데요! 낳기만 하믄 아부진가! 제대로 멕이기를 했어, 입히기를 했어, 남들처럼 공부를 제대로 시키 놨어! 이래라 저래라 할 자격 없구마요! 평생 아부지 뒤치다꺼리하느라 뼛골 빠지고 속이 썩어 문드러진 엄마는 어떻고. 일말의 양심이 있으믄 이리 나오믄 안 되지. 내 엄마 아니었으믄 진작 아부지하고 인연 끊었어요! 이거 왜 이래, 이거!"

큰형은 울분에 찬 듯 속사포를 쏘아 댔다. 하나부터 열까지 다 내가 하고 싶은 말이었다. 아버지는 꽤나 충격을 받은 듯했다. 땅바닥에 누운 채 신음만 내뱉었다. 큰형 애인이 큰형을 뜯어말렸지만 큰형은 몸부림을 치며 포효했다.

"인자부터 아부지 허락 겉은 거 필요 없구마. 다 내 맘대로 할 꺼니까 그리 아이소! 왜, 내가 못할 거 겉애요?"

세상에 아버지가 꿀 먹은 벙어리처럼 꼼짝 못하다니. 큰형에 대한 존경심이 마구 솟구쳤다. 아버지는 술이 다 깼는지 혼자 방으로 들어갔다. 십 년 아니 정확하게 십삼 년 먹은 체증이 가신 듯 속이 후련하고, 코끝으로 참기름 냄새가 솔솔 풍기는 것 같아야 정상인데, 아버지의 축 처진 뒷모습을 보는 순간 한숨이 나왔다. 도대체 이걸 무슨 증상으로 진단할 수 있을까? 알 수 없었다. 뒤늦게 영순이가 아버지 기분을 풀어주려는지 쪼르르 아버지

방에 들어갔다.

다음 날, 집 안은 초상집 분위기였다. 점심을 먹고, 엄마가 정성스레 싸준 보따리를 들고 큰형과 큰형 애인과 큰누나가 떠났다. 난 텅 빈 방에 흩어진 과일 껍질과 과자 부스러기, 젖은 수건을 보며 멍하니 서 있었다. 슬펐다. 그리고 그들이 흘리고 간 웃음이 그리워 뒤란 너럭바위에 기대어 속으로 울었다.

한참 뒤, 난 감나무에 올랐다. 그대로 감나무가 되고 싶었다.

15
장애물달리기

11월 7일

운동회에서 최초로 달리기 2등을 하고 얼마나 좋았는데
또 아버지 때문에 기분이 엉망진창이 됐다.
머리가 깨지고, 계획에도 없던 가출까지 하고.
집 나가면 고생이라는 말은 괜히 생겨난 말이 아니었다.
문득 사는 게 장애물달리기 같다는 생각이 든다.
내 짧은 인생에도 폐타이어, 매트, 줄넘기, 간짓대 같은
장애물들이 곳곳에 널려 있다.
하지만 어떻게든 버티고 이겨내다 보면 뜻밖의 행운도 따른다.
대롱대롱 매달린 과자를 따 먹고, 달리기에서 2등을 먹기도 하

고…….

다들 잠든 밤, 탁 트인 밤하늘.

난 감나무에 올라 가슴에 제일 초롱초롱하게 빛나는 별 하나를 심었다.

그러자 마음속에서 갑자기 성공하고 싶다는 생각이 꿈틀거렸다.

난 주먹을 불끈 쥐며 감나무를 증인으로 별과 약속을 했다.

자신 있으니까 지켜보라고.

절대 쓰러지거나 꺾이지 않을 테니까 두고보라고.

먼 훗날 운동장에서 내 아들이 우연찮게 아빠의 이름이 적힌 쪽지를 줍고 달려온다면, 난 아들의 손을 붙잡고 당당하게 일등으로 들어갈 거다.

그 기똥찬 상상에 가슴속 별이 반짝 빛나는 것 같다.

학교에 큰 행사가 있으면 선생님들은 며칠 전부터 틈틈이 정신교육을 시켰다. 귀한 손님이 많이 오니까 평소보다 더 조심성 있고 반듯하게 행동해야 한다고. 특히 장학사 방문 전날은 학교가 통째로 들썩거렸다. 수업도 빼먹고 마른걸레에 콩기름을 묻혀 교실 바닥을 반질반질 닦았고, 복도는 물청소를 했다. 선생님들은 긴장한 표정으로, 청소한 데를 또 하라고 우리를 콩 볶듯이 볶아 댔다. 맨 마지막에는 전교생을 운동장에 불러 일렬로 줄을 세우고 쓰레기를 줍게 했다. 다음 날 학교를 방문한 장학사는 흡

족한 표정으로 손에 걸리는 아이의 머리를 쓰다듬었다. 그 옆에서 선생님들은 감지덕지한 표정으로 허리를 굽실거렸다. 그럼 새파랗게 젊은 장학사는 뒷짐을 진 채 목에 힘을 주고 고개만 까딱까딱했다. 난 훌륭한 사람이 되고 싶었지만 장학사처럼 예의 없는 사람은 되기 싫었다.

우리는 내일 벌어질 가을 운동회를 대비해 대청소를 했다. 그리고 점심을 먹고 운동회 총연습을 했다. 특히 남학생은 텀블링, 여학생은 부채춤에 엄청난 공을 들였다. 우리 신세가 운동장 위를 날며 짝짓기를 하는 고추잠자리보다 못했다.

녹초가 된 몸으로 마을에 돌아오니 어른들은 한길에 쌓아 둔 노적가리를 보며 구슬땀을 닦고 있었다. 시꺼멓게 그을린 얼굴마다 환한 웃음이 가득했다. 하지만 난 한숨만 나왔다. 운동회 날, 아버지가 술주정하는 모습도, 달리기에 젬병인 내 모습도 진짜 감추고 싶은 비밀이었다. 이 애타는 심정을 아는지 모르는지 영순이는 신이 나서 방방 뛰었다.

비가 오기를 간절히 빌다가 아침을 맞았는데, 드높은 가을 하늘은 구름 한 점 없이 파랬다. 난 운동복으로 갈아입고 청군 머리띠를 챙긴 뒤 터벅터벅 발걸음을 뗴었다. 상태랑 호준이는 마을회관 앞에서 기다리고 있었다.

"아, 나 운동회 진짜 싫은데."

나하고 달리기가 막상막하인 상태도 은근히 부담 되는 모양이었다.

상태는 똥배와 오리궁둥이 때문에 씰룩씰룩 뛰는 모습이 가관이었다. 구경꾼들은 동물원 원숭이를 보는 듯 즐거워했다. 그래서 상태는 달리기할 때만 되면 갑자기 배를 움켜쥐고 꾀병을 부리기 일쑤였다. 하지만 상태 머리 꼭대기에 있는 선생님은 한 번도 속아 넘어가 주지 않았다.

교문에 들어서자 쿵작쿵작 신 나는 음악이 울려 퍼지고, 만국기가 펄럭이고 있었다. 운동장에는 빙 둘러가며 석회가루로 줄이 그어져 있었고, 구령대 옆 천막 안에는 책상과 의자가 나란히 줄 서 있었고, 책상 위에는 상품인 듯한 물건이 하얀 종이로 포장되어 있었다.

국기에 대한 맹세를 하고, 애국가를 부르고, 교장 선생님의 훈화를 듣고, 양복쟁이 아저씨한테서 '내빈축사'라는 어려운 말을 듣고……. 행사 때마다 무슨 절차가 이리 까다로운지 몰랐다.

"보아라 이 넓은 운동장에 청군과 백군이 싸운다……."

쩌렁쩌렁, 청군과 백군의 응원 열기가 뜨거웠다. 영지와 함께 백군이 된 경필이는 헤벌쭉거리며 우렁차게 노래를 불렀다. 하지만 호빵과 족제비는 응원은 뒷전이고 작은 돌멩이로 우리 편 청군을 못살게 굴었다. 투명인간이 되는 소원이 이루어진다면, 경필이 패거리가 달리기할 때 바지 고무줄을 끊어 관중들 앞에서 창피를 주고 싶었다.

100미터 달리기가 끝나고, 곧바로 장애물달리기가 이어졌다. 폐타이어 구멍을 세 개 뚫고 나와 매트에서 한바퀴 구르고, 줄넘기를 세 번하고, 대롱대롱 매달린 과자를 폴짝 뛰어 따먹고, 무릎 높이의 간짓대를 뛰어넘은 다음, 마지막으로 죽을힘을 다해 뛰면 되는 거였다.

하필이면 우리 조가 뛸 차례가 되자 마을 어른들이 교문 안으로 들어섰다. 영순이가 응원하다 말고 아버지한테 쫓아가더니 나를 가리켰다. 원수가 따로 없었다.

상태와 난 서로 꼴찌를 떠넘기려고 속이 다 타 들어갔다. 상태 엄마는 벌써부터 손나발을 만들어 목이 터져라 응원을 했다.

"땅!"

우리는 한 치의 양보도 없었다. 폐타이어가 있는 데쯤 왔을 때, 한곳을 점찍은 두 명이 서로 밀치며 몸싸움을 하다 둘 다 엎어지고 말았다. 그 틈을 타 내가 3등으로, 상태가 4등으로 달렸다. 행운은 거기서 멈추지 않았다. 1등으로 달리던 경석이마저 줄넘기를 하다가 다리가 꼬이는 바람에 넘어지고 말았다. 이게 웬 떡인가 싶었다. 마침내 난 생애 최초로 달리기에서 2등을 차지했다. 하지만 간짓대를 넘다 고꾸라진 상태는 100미터 달리기에 이어 연속 꼴찌를 하고 말았다. 난 상품으로 미끈한 공책을 두 권이나 탔다.

영순이의 활약은 나하고 비교가 안 되었다. 2등을 여유 있게 따돌리고 1등으로 들어가자, 아버지는 발갛게 달아오른 얼굴로 "우리 딸내미 장하다."며 앉은뱅이 춤을 추었다. 난 멀찍이 지켜보면서도 내가 술에 취한 것처럼 뺨이 후끈후끈 달아올랐다.

점심시간이 끝난 다음 특별한 달리기 시합이 있었다. 각 학년의 반 대표들이 뛰어가다 땅에 놓여 있는 종잇조각을 줍고, 거기에 적힌 어른을 찾아 손잡고 같이 뛰는 거였다. 보통 학교에 자주 들르는 귀한 손님들의 이름이 쪽지에 적혀 있었다. 우리 엄마나 아버지 같은 사람들은 백날 가 봐야 주인공이 될 수 없었다.

돌발 사태가 벌어진 건 시합이 한창 진행 중일 때였다. 한 녀석이 사람을 못 찾아 갈팡질팡하고 있을 때, 거나하게 취해 배칠배칠 걸음도 엉망인 아버지가 그 녀석의 손을 잡고 뛰는 거였다. 그러고는 운동장을 가로질러 1등으로 들어갔다.

문제는 심각했다. 아버지는 상품을 타내고야 말겠다며 갖은 추태를 다 부렸다.

"아이고, 어르신! 많이 취하셨네, 가서 쉬시야 되겠십니더. 어이, 김 선생. 어서 모시고 가지 뭐 해!"

교감 선생님이 번들거리는 이마를 닦으며 화를 냈다. 그러자 우리 선생님과 5학년 선생님이 아버지의 양쪽에서 팔을 붙들었다.

"놔라, 와이카노! 선물 안 주나, 선무울!"

아버지는 목에 핏대를 세우며 흥분했고, 땅바닥에 나뒹굴었다. 속수무책이었다. 교장 선생님은 쩔쩔매며 양복쟁이 몇 명을 데리고 교장실로 향했다. 운동장은 한순간 찬물을 끼얹은 듯 조용해졌다. 결국 아버지는 수건 한 장을 받고 나무 그늘에 넉장거리로 뻗었다. 이내 드렁드렁 코를 골며 곯아떨어졌다. 아, 이 순간을 되돌릴 수 있다면 아까 받았던 값진 공책을 반납할 마음도 있었다. 아니 악마한테 영혼이라도 팔 수 있을 것 같았다. 난 황급히 학교 건물 뒤쪽으로 몸을 숨겼다.

운동장은 다시 시끌벅적해졌다. 난 계단에 걸터앉아 버즘나무를 쳐다보았다. 그러다가 축 처진 나뭇가지를 부여잡고 타잔처럼 발길질을 했다. 다섯 번을 왔다 갔다 했을 때, 갑자기 가지가 뚝 부러졌다. 난 돌계단에 굴러 떨어졌다. 무릎이 깨졌고 머리가 터졌다. 정신이 더 또렷해지는 것 같았다. 몇몇 애들이 나를 보고 뛰어왔다. 난 애들의 부축을 받으며 양호실로 갔다. 달려온 엄마의 주름 팬 얼굴을 보니 속상하고 죄송했다.

응급 치료를 받고 엄마랑 운동장으로 나왔을 때, 아버지는 발악을 하며 마을 아저씨들한테 질질 끌려가고 있었다. 구경꾼들은 미간을 찌푸리며 주책바가지라고 혀를 내둘렀다.

난 학교 개구멍으로 몰래 빠져나왔다. 호준이가 날 불렀지만 돌아보지 않았다. 텀블링도 못하고, 기마전과 줄다리기도 못하고, 경필이가 입을 헤벌리고 쳐다보았을 영지의 부채춤도 못 보고……. 눈물이 뚝뚝 떨어졌다. 미루나무 노란 이파리도 팔락팔락 떨어졌다. 난 땅만 보고 뚜벅뚜벅 걸었다. 다음 날 학교에서 애들 볼 생각만 하면 심장이 터질 것 같았다. 선생님이 뭐라고 할까? 영지 얼굴은 어떻게 보나? 애들은 앞으로 나를 모르는 척하겠지?

버스가 내 앞에 멈췄다. 난 꼭 귀신에 홀린 듯이 올라탔다. 덜컹거리는 버스에 몸이 흔들거렸다. 멍했다. 눈앞에 스쳐 가는 것들이 무엇인지, 내가 지금 어디로 가는지 아무 생각도 안 났다.

후다닥 사람들 내리는 소리에 정신이 번쩍 들었다. 종합 버스 정류장. 읍내 가는 버스였으니 여기가 읍내일 터였다. 얼떨떨하고 무서웠다. 수중에 있는 돈이라곤 달랑 칠백삼십 원. 비밀 상자 속에 꼬깃꼬깃 접어 두었던 천 원짜리 지폐 다섯 장이 눈에 아른아른했다.

사람들이 날 힐끔거리며 지나쳤다. 흙 묻은 체육복에 청군 머리띠를 거머쥔 꼴은 내가 봐도 정상이 아니었다. 난 반창고를 붙인 뒤통수를 손으로 가리고 엄마 심부름 가는 아이처럼 서둘러 걸음을 뗐다. 횡단보도를 건너다 자동차 경적 소리에 간이 콩알만 해지고, 어깨를 부딪친 사람들의 부라린 눈에 바짝 주눅 들었다.

그래도 읍내는 눈을 번쩍 뜨이게 할 만큼 근사한 게 많았다. 빵집에, 만화방에, 신발 가게에, 탁구장에, 비디오 가게에, 금은 방에, 오락실에……. 가끔 춘보 아제가 말하던 큰물은 바로 이곳이 틀림없었다. 난 두려움과 호기심이 뒤범벅된 기분으로 여기저기 돌아다녔다.

한참 걷다 보니 장터였다. 해가 떨어지자 북새통이던 장터는 버려진 군고구마 껍질처럼 지저분해 보였다. 어디선가 찬송가가 잔잔히 울려 퍼졌다. 넋을 잃고 서 있다가 무언가가 내 다리를 툭툭 치는 통에 소스라치게 놀랐다. 다리가 없는 아저씨가 불쌍한 표정으로 바구니를 내밀고 있었다. 가슴이 발딱댔다. 아저씨의 눈에 사지 육신 멀쩡한 나는 어떻게 보일까? 어깨에 다리에 힘이 빠졌다. 어쩌면 난 배부른 투정을 하고 있는지도 몰랐다. 난 오백 원짜리 동전 하나를 바구니에 떨어뜨렸다. 아저씨는 고맙다는 인사도 없이 다른 사람한테로 기어갔다.

날이 깜깜해지자 눈앞이 깜깜했다. 빵과 요구르트를 사 먹는 바람에 돈도 다 떨어지고, 막차도 막 떠나고. 문득 가게 유리창에 비친 모습을 보니 거지 중에도 상거지였다. 정말 거지 같은 인생이라는 생각이 들었다. 난 버스를 따라 뛰다가 걷다가 뛰다가…… 터덜터덜 걸었다.

읍내는 상상했던 것과 너무 달랐다. 부자들만 사는 곳도, 항상 웃음 넘치는 곳도, 아니었다. 반갑고 따뜻하게 나를 품어 줄 곳은 한 군데도 없었다.

우리 마을, 우리 집, 우리 방, 우리 이불 속이 몹시 그리웠다.

지금 집은 발칵 뒤집혀졌을까? 설마 내가 없어졌다는 것도 모르는 건 아니겠지? 엄마가 보고 싶었다. 누나와 형과 영순이가 보고 싶었다. 호준이와 상태도 보고 싶었다. 아버지는 하나도 안 보고 싶었다.

걷고 걷고 걸었다. 찬바람이 불자 머리가 깨질 듯 아팠다. 무릎도 발바닥도 아팠다. 걸어도 걸어도 끝이 안 보였다. 낯선 동네의 불빛들은 전혀 따뜻해 보이지 않았다. 멀리서 경운기 소리가 들려왔다. 침이 꼴딱 넘어갔다. 근데 경운기는 털털 방귀만 뀌고 쓱 지나쳤다. 난 발길질을 하고 욕을 퍼부어 댔다.

얼마 뒤 오토바이 소리가 들렸다. 역시 씽 지나갔다. 바람이 씽씽 불었다. 배고파서 더 추웠다. 털썩 주저앉고 싶었다. 이러다가 내일 '신작로에 쓰러져 죽은 학생 발견! 가정 환경 비관 자살.'이라는 제목으로 농민신문에 대문짝만 하게 나오는 거 아닌지 몰랐다. 그럼 아버지는 집 싫다고 뛰쳐나간 놈, 자식도 아니라고 거들떠보지도 않겠지? 엄마는 어떨까? 싸늘한 아들의 시체를 품에 꼭 안아 주겠지? 코끝이 시큰했다. 그 순간 끼이익, 굉음과 함께 오토바이가 멈추더니 천천히 되돌아왔다.

"거, 기범이 아이가? 맞제?"

춘보 아제였다. 뒤엔 기철이 형이 타고 있었다. 눈물이 왈칵 쏟아졌다. 난 형이 반가워 진한 포옹이라도 하고 싶었다. 근데 형은 내리자마자 내 얼굴에 주먹을 날렸다.

"에헤이! 와 카노, 이놈아가."

춘보 아제가 형을 막으며 날 보호해 주었다. 코피를 흘리고도 형이 별로 밉지 않았다. 드디어 살았다는 생각이 들었다. 난 오토바이 위에서 형의 허리를 안고 등에 얼굴을 기댔다.

엄마는 아무 말도 하지 않고 내 머리와 무릎의 상처에 소독을 하고 약을 바르고 거즈를 대고 반창고를 붙였다. 아버지가 코 고는 소리가 들려왔다. 난 안심하고 찬밥을 꾸역꾸역 넘기며 올라오는 울음도 함께 삼켰다.

감잎이 하나 둘 떨어지고, 귀뚤귀뚤, 가을은 깊어만 갔다.

16
좋다 말았다

12월 14일

앗싸 가오리!
아버지가 다쳤다.
꼬신 내가 솔솔 난다.
요새는 그 재미로 산다.
근데 엄마한테 아버지 옛날이야기를 듣고는
약간 불쌍하다는 생각도 들었다.
아버지는 말짱한 정신을 싫어한다.
거의 매일 취한 상태니까.
아버지를 계속 그런 상태로 살게 하는 이유가 뭘까?

늘 그게 궁금했는데
의문이 조금 풀리는 것 같기도 하다.
얼굴도 모르는 할아버지가 밉다.
원망스럽다.
아버지는 얼마나 힘들었을까?
아니, 마음 약해지면 안 되지.
아버지가 그동안 우리에게 어떻게 했는데, 쳇!
드디어 기다리고 기다리던 순간이 온 것 같다.
아버지가 하느님한테 심판 받는 날!
뚜구두구두구두구…….

학교에서 돌아와 보니 아버지 방에서 끙끙대는 소리가 났다.
난 가방을 맨 채 영순이의 꽁지머리를 질질 끌고 뒤란으로 갔다.
"아, 아, 아, 아, 아푸다아!"
"어찌 된 기고?"
"뭐가?"
"아부지!"
"갱운기에서 떨어졌다."
영순이가 인상을 팍 쓰고 말했다.
"어짜다가?"
"그걸 꼭 말해야 아나? 뻔하지."

"뭐?"

"술!"

영순이는 그 말을 남기고 쏙 사라졌다. 모처럼 영순이가 영특해 보였다.

난 주먹을 불끈 쥔 채 작은 목소리로 "앗싸가오리!" 하고 외쳤다. 그러고도 안심이 안 되어 볼을 꼬집어보고서야 생시라는 걸 확인할 수 있었다. 술이 아버지를 다치게 하다니. 원수 같았던 술이 이렇게 장한 일을 하다니. 조심스럽게 우리 가족 앞에 무릎을 꿇는 아버지를 상상해봤다. 침이 꿀꺽 넘어갔다.

아버지의 앓는 소리가 아침 참새 소리처럼 반가웠다. 그동안 이런 순간을 얼마나 학수고대했던가. 이건 분명 하늘이 나의 한 맺힌 소원을 들어주신 거다. 그건 그렇고 하느님은 아버지에게 어떤 벌을 주실까? 술을 끊겠다는 약속 없이는 절대 병을 낫게 해서는 안 된다.

아버지는 며칠이 지나도 자리를 털고 일어나지 못했다. 뭔가 되어 가는 분위기였다. 가슴속에서 사이다의 기포가 톡톡 터지는 듯 짜릿했다. 눈앞에 껌처럼 눌러 붙어 있던 먹구름도 싹 걷히는 기분이었다. 일제 식민지에서 해방을 맞은 당시 백성들의 심정이 이랬을까? 정말 대한민국 만세였다. 아무나 붙잡고 얼싸 안고 싶었지만 방정맞게 굴다가 다 된 밥에 재를 뿌리게 될까 봐 참고 참고 또 참았다. 난 아버지 앞에서 행복한 얼굴을 숨기느라 무진장 애를 먹었다. 가끔 도저히 웃음을 참을 수가 없어 밥을 먹다가 밥풀이 툭툭 튀어나왔고, 오줌을 싸다가 손에 오줌이 질질 묻기도 했다. 그래도 근두운을 타고 날아가는 손오공이 된 듯했다. 누가 천하의 불효막심한 놈이라고 욕을 해도 어쩔 수 없었다.

아버지가 어기적어기적 걸을 때마다 난 고개를 돌리고 킥킥댔다. 하루 종일 싱글벙글했다. 상태는 정신상태가 이상하다며 내 얼굴을 유심히 관찰했다.

"니 혹시 묵을 거 숨겨 논 거 아이가?"

상태는 꼭 이런 식으로 돼지 티를 냈다.

"웃기지 마라."

그래도 상태는 의심의 눈초리를 쉽게 거두지 않았다. 그런 상태가 귀여워 보이기까지 했다. 학교에서 경필이가 이유 없이 뒤통수를 쳐도 그럴 수도 있지 이해했다.

내가 그렇게 행복해하고 있을 때, 아버지는 작은 일에도 버럭 화를 냈다. 양말에 구멍이 났다고 북북 찢는가 하면, 온 동네 사람들이 인정하는 엄마의 음식 솜씨를 타박하기도 했다. 그래도 그 정도의 불편은 충분히 감수하고도 남았다.

아버지의 다리는 좀처럼 낫지 않았다. 위장병까지 도졌는지 자주 트림을 해댔다. 속에 있는 걸 다 토할 정도로 심하게 기침을 하기도 했는데, 그건 평소에도 가끔 있는 일이어서 별 신경을 쓰지 않았다. 그때부터 영순이는 아버지의 몸종이 되었다. 아버지의 다리를 주무르고, 등을 두드리거나 지근지근 밟았다. 그러면서 아버지와 농담을 주고받는지 깔깔 웃기도 했다. 영순이 때문에 계획에 차질이 생긴다면 난 결단코 영순이를 용서치 않을 생각이었다.

한번은 아버지 방에서 나와 부엌으로 들어가는 영순이를 붙들고 물었다.

"니는 아버지가 좋나?"

"좋고 안 좋고가 어데 있노? 아버지는 아버진데."

영순이의 단순 명쾌한 답변에 난 잠시 어리둥절했다.

"그래 니는 그리 살다 죽어라."

"뭐라카노?"

영순이가 눈을 흘기며 아버지의 신발에 묻은 먼지를 탈탈 털었다.

몇 날 며칠 아버지한테만 정신이 쏠렸다. 다행히 내 걱정을 비웃듯 아버지의 병세는 점점 악화되었다. 하룻밤 자반뒤집기를 하더니 다음 날 아침부터는 아예 자리보전까지 하게 되었다. 아버지의 심술은 늘어만 갔다. 수시로 엄마에게 불만을 터뜨렸고, 가끔 밥상을 엎었다. 일이 순조롭게 진행되고 있는 거였다. 난 하느님과의 일급비밀을 발설해서 거사를 그르치지 않으려고 입에 지퍼를 달았다. 하느님이 나를 시험에 들게 한 거라면. 아버지의 생사가 나한테 달려 있는 거라면. 그런 극비 사항을 아버지가 눈치채고 살려 달라고 나한테 매달린다면 확실히 번지수 잘못 찾은 거였다. 난 악당처럼 음산한 웃음을 흘렸다.

지난가을 운동회 때 아버지가 부린 추태에 비한다면 내 복수는 새 발의 피였다. 그건 학교 포기를 결심할 정도로 내 자존심에 치명상을 입혔다. 가출이 실패로 돌아갔던 그다음 날, 학교에 갔을 때 그 썰렁했던 반응에 난 심장이 오그라지는 것 같았다. 나를 무슨 벌레 보듯 했다. 무엇보다 가슴이 아팠던 건 영지의 얼음 같은 표정. 그건 차라리 학교를 다니지 말라는 말보다 훨씬 슬펐다. 툭하면 시비를 걸던 경필이 패거리마저 나한테서 똥물이라도 튀는지 슬슬 피하는 눈치였다. 그러면서도 끝내 한마디를 픽 던졌다.

"어제 그 사람 너그 아부지였다메?"

"니도 난중에 그리 되는 거 아이가? 와 부전자전이라 카잖아."

"내 겉으면 학교 때리치우고 만다. 쪽팔리서."

족제비와 호빵이 지원 사격을 했다. 아닌 게 아니라 난 정말 쪽팔려서 책가방이고 뭐고 다 팽개치고 두 번째 가출을 감행하고 싶었다. 상태와 호준이는 내 눈치만 살폈다. 세상에 나 하나뿐인 것 같았다. 그날 집에 돌아가 아무도 몰래 운동회 때 아버지가 받은 수건을 가위로 자른 뒤 북북 찢었다. 그래도 분이 안 풀렸다.

'하느님 제발 아버지 좀 어떻게 해 주세요.'

얼마나 간곡히 애원했는지 모른다. 그 소원이 드디어 하느님 귀에 들어간 거라고 난 확신했다.

아버지 방은 맨소래담 로숀 냄새로 가득했다. 근데 그게 내 코에는 깨소금 냄새처럼 느껴졌다. 아버지하고의 화해는 진작부터 글러먹었다.

이틀 후, 아버지는 읍내 한의원에 다녀왔다.

"아빠, 올 때 국화빵 좀."

역시 영순이였다. 어떻게 그 정신에 먹을 걸 챙기는지 배 속에 돼지를 사육하고 있는 게 틀림없었다. 아버지는 눈살을 찌푸리면서도 뭐라고 하지는 않았다.

해가 뉘엿뉘엿 저물자 아버지가 절뚝절뚝 돌아왔다. 목발 하나를 달고. 술 냄새가 났다. 아버지는 까만 비닐봉지를 마루에 휙 집어던졌다. 그 안에는 우리 식구가 두 개씩 먹고도 남을 만한 양의 국화빵이 들어 있었다. 영순이는 자기 덕분에 포식하게 되었다고 새치름한 표정으로 생색을 냈다. 입 안에 든 걸 다 뱉어 버리고 싶었지만 사실 맞는 말이기도 해서 그냥 참았다. 영순이는 국화빵을 입에 넣고 마당에서 목발을 짚고 놀았다.

난 국화빵 정도로 아버지와의 대결에서 무릎 꿇지 않으리라 재차 다짐했다. 나를 만만하게 봤다면 오산이었다. 마음만 먹으면 나도 영순이 못지않은 독종으로 재탄생할 수 있었다. 아버지가 이제 술이라면 진절머리 난다고, 술 냄새만 맡아도 두드러기가 난다고, 술 이야기만 나와도 토가 나온다고 해야 하느님한테 보고 할 거였다. 이제 아버지가 반성했으니 그만 낫게 해 달라고. 하지만 굴복하지 않고 끝끝내 알량한 자존심을 내세운다면 나도 더 이상 용납 못 한다. 하느님께 강렬한 눈빛으로 고개를 끄덕일 수밖에. 다만 그런 불상사는 발생하지 않기를 바랄 뿐이었다.

이튿날, 아버지는 또 침을 맞으러 읍내로 갔다. 전날보다 절름거리는 게 덜한 것 같아 불안했다. 이러다가 모든 게 원점으로 돌아가는 거 아닐까. 하느님과 내 생각이 다른 것 같아 간이 조마조마했다. 아버지는 그 정도로 반성할 사람이 아닌데. 벌써 용서를 하면 안 되는데. 더 심한 충격이 필요한데.

토요일 오후, 우리 가족은 무밭에 집결했다. 아버지만 빼고. 즐거웠다. 아버지가 빠진다는 건 내 어깻죽지에 날개를 다는 것과 같았다.

우린 시퍼런 무밭에서 무를 뽑았다. 낫으로 무를 깎아 먹던 형은 뿡뿡 뿡뿡 줄방귀를 뀌어 댔다. 지독한 냄새에도 그냥 웃음만 나왔다.

형이 바지게 가득 무를 싣고 집으로 향했다. 며칠째 아버지의 일을 도맡아하는 형이 약간 어른스러워 보였다. 이 말을 바꿔 말하면 아버지가 없어도 우리 집은 아무 탈 없이 잘 굴러간다는 거였다.

엄마는 밭두렁에 앉더니 머릿수건을 벗어 들고 이마에 맺힌 땀을 닦았다. 우리는 새참으로 찐 고구마에 쉰 김치를 얹어 먹었다.

누나가 물끄러미 형의 뒷모습을 바라보며 말했다. 사춘기가 다시 오는지 줄곧 시무룩했던 누나였다.

"엄마. 옛날에도 우리 이렇게 지지리 궁상으로 살았나?"

엄마는 먼 산만 바라보더니 한참 뒤 입을 열었다.

"허이구, 내 살아온 얘기 다 할라카믄 책 한 권을 써도 모잴린다."

엄마는 하늘을 올려다보면서 한숨을 쉬다가 또 한참 뒤 입을 열었다.

"시집오고 너그 아부지 얼마 안 있어 군에 안 갔나. 배 속에 아는 들어섰제, 시오마이 등쌀에, 시누들 까탈은 또 우떻고. 에휴……."

엄마의 한숨에 하루살이가 흩어졌다.

"그카다가 너그 할배 풍으로 쓰러지고 할매도 정신을 안 놔 뻬맀나. 너그 아부지는 제대하고 마음도 못 잡고."

그 뒤로는 불행의 연속이었다고 했다.

"좋다는 약 다 써도 아무 소용이 없는 기라. 너그 할매 베릉빡에 똥칠하고 사람들도 몬 알아보고. 너그 할배? 어이구 말도 마라. 아무리 시아부지라도, 사람의 탈을 쓴 짐승이라. 자기는 온갖 좋은 약 다 해묵고 뜸 뜨고 침 맞고 해놓고는, 너그 할매한테는 돈 아깝다꼬 땡전 한 푼 안 썼다 아이가. 그러믄서 툭하면 손찌검하고, 발로 차고……. 자기 때매 그리 된 줄도 모리고. 동네 사램들 다 손가락질했제. 어이구, 몸써리야. 너그 아부지 일도 제대로 안 풀리고, 그때쯤 노름에 손댔지 아마. 술도 엄청시리 묵고, 담배도 엄청시리 피우고……."

우여곡절 끝에 고모들 시집 다 보내고, 얼마 안 남은 땅뙈기 몽땅 처분하고 알거지가 된 후에 줄초상이 났단다.

"밸 수 있나? 또 살 길 찾아야제. 그캐도 너그 아부지는 당최 정신을 못 채리더라꼬. 내 혼자 오일장 서믄 함지박 이고 나가, 봄여름으로는 나물 팔고, 가실하고 겨울에는 떡 팔고……. 너그 오래비 업고 언니 배 속에 넣고, 그리 댕깄다 아이가."

그렇게 고생 고생해도 남은 건 눈덩이처럼 불어난 아버지의 노름빚이었다고. 엄마 못지않게 아버지 인생도 울퉁불퉁 참 못생겼다는 생각이 들었다.

"아무리 바짓가랭이를 붙잡고 늘어져도 너그 아부지는 눈이 풀리 갖고…… 그래가 그 동네서 빚도 몬 갚고 거의 쫓기나다시피 안 했나. 어이쿠, 그때만 생각하믄 마 끔찍해서 피가 꺼꿀로

솟는다."

그래서 감실로 이사를 왔고, 그때 배 속엔 내가 있었다고 했다.

"요 동네서도 넘으 집 문간방에 세 들어 사니라꼬 이리저리 얼매나 옮기 댕깄다꼬. 방은 비좁제, 자식새끼는 많제. 그래가 너그 아부지, 기덕이하고 영분이 국민핵교 졸업시키자마자 돈 벌어 오라꼬 안 내쫓았나. 영진이는 알 끼다."

나도 알았다. 엄마는 어린 자식을 객지로 보낼 때마다 부엌 아궁이 앞에 쭈그려 앉아 몇 날 며칠을 흐느꼈다. 송아지를 떠나보낸 어미 소처럼.

"그라고 지금 이 대밭에 터 잡았다 아이가."

어렴풋이 기억이 났다. 칼바람이 매섭던 한겨울, 대나무를 베어내고 꽁꽁 언 땅을 파 질긴 뿌리 캐내고 집을 지었던.

"허이구, 그나마 너그 아부지 노름에서 손 뗀 기 얼매나 다행시러분지 모룬다. 노름 뜯어말리니라꼬 쫓아댕긴 것만 생각하믄 어이구, 징글징글하다. 징글징글해."

엄마의 마디 굵은 손가락이 바르르 떨렸다. 엄마는 그렁그렁한 눈물을 흘리지 않으려고 파란 가을 하늘을 올려다보았다.

"너그 아부지도 알고 보믄 참 불쌍한 사램이다."

엄마는 그게 다 잘난 할아버지 탓이라고 주장했다. 한 번도 실물을 보지 못했던 할아버지. 엄마 말에 따르면 할아버지는 역마살과 노름으로 집안을 풍비박산 낸 장본인이었다. 그러고도 부끄러운 줄 모르는 철면피였고, 살림을 때려 부수고 처자식 패는 것도 서슴지 않는 천하의 난봉꾼이었다. 엄마는 아버지가 할아버지한테 욕을 하며 반발하다가 귀싸대기를 맞는 장면도 목격했다고 증언했다. 아버지가 결혼하자마자 서둘러 입대를 결심한 건 다 그런 이유 때문이라고 판단했다. 엄마의 이야기 속 할아버지와 아버지의 모습에 아버지와 내 모습이 겹쳐졌다. 두려움과 곤혹스러움 그 자체였다.

'죽어도 아부지처럼은 안 살 끼요. 두고 보이소!'

할아버지를 앞에 두고 부르짖는 아버지의 목소리가 들리는 듯했다. 아버지한테도 나랑 비교할 수 없을 정도의 엄청난 고통이 있었을 거라는 추측이 확신으로 바뀌는 순간이었다. 그렇다고 매듭 풀리듯 모든 게 이해되고 용서될 리 만무했다.

결국 이게 뭔가. 아버지는 할아버지의 단점만 고스란히 대물림 받고 있지 않은가. 그 사실에 가슴이 덜컥 내려앉았고 숨이 턱턱 막혔다.

'그렇게 애비 욕하더니 지금 니 꼬라지를 봐라. 애비랑 뭐가 다르노?'

할아버지가 아버지를 향해 쓴웃음을 날리며 말하는 듯했다. 아버지는 그 소리를 들을까?

나와 별반 다르지 않았던 아버지의 과거. 난생처음 들은 이야기에 가슴 한복판에서는 동정심과 증오심이 들끓었다. 두 감정은 엉킨 상태로 치고받고 싸웠고 피투성이가 되어서도 승부를 가리지 못했다.

형이 빈 바지게를 지고 올라오고 있었다. 엄마는 쥐고 있던 수건으로 급히 눈을 꾹꾹 눌렀다. 순간 형이 아버지로 바뀌었다. 아버지가 바지게에 산더미만 한 짐을 지고 묵묵히 걸어 올라오고 있는 것 같았다. 아버지의 짐에는 어떤 것들이 있을까? 우리 식구는 모두 아버지의 짐일 뿐일까? 한 번도 해 보지 않은 고민 때문에 골이 빠개질 것 같았다.

집으로 돌아가는 길에 형은 바지게에 영순이를 태우는 시도를 했다. 육다리 사건 이후 부쩍 덩치도 커지고 어깨도 떡 벌어지더니 엄마 말마따나 장골이 다 된 것 같았다. 철은 더 들었는지 글쎄 잘 모르겠다.

바지게에 올라 탄 영순이는 나에게 혀를 쏙쏙 내밀었다. 그때마다 난 들고 있던 억새꽃으로 영순이의 볼을 간질였다. 그러다가 바지게가 기우뚱거렸고, 영순이는 형한테 욕을 한 바가지 얻어먹고서야 입을 봉했다. 이렇게 살면 얼마나 좋을까?

그날 집으로 돌아오니 상황은 이미 종료되어 있었다. 아버지가 마당을 쓸더니 소한테 여물까지 퍼 주는 게 아닌가. 다리를 절름대는 정도도 눈에 확 띄게 줄어들었다. 한마디 상의도 없이 하느님 혼자 아버지를 용서해 주기로 결정한 모양이었다. 난 불만이 이만저만이 아니었다. 너무 열 받아서 밤새 잠이 오지 않았다. 좋다 말았다.

17
튀밥꽃

12월 27일

아버지가 좋다.
아니다.
좋다.
아니다.
그럴 리가 없는데.
아, 잘 모르겠다.
손수레 안에서 아버지가 내 어깨에 팔을 걸치고 끌어당겼다.
왜 그랬을까? 도대체 왜?
아버지도 나를 싫어하고, 나도 아버지 싫은데.

근데 아버지의 품은 생각보다 따뜻했다.
왜 그동안 쭉 시베리아 벌판이라고 생각했는지 모르겠다.
이틀 전이 크리스마스였다.
꼬맹이 때부터 나는 크리스마스가 싫었다.
상태는 엄마 아빠 말도 안 듣는 편이고
공부도 거의 바닥이고
먹는 거만 보면 눈이 뒤집히는데
해마다 선물을 받았다.
나는 상태랑 정반대인데 한 번도 선물을 받은 적이 없었다.
그러므로 산타할아버지는 노망이 나서 혹은 깜깜한 밤에 와서
누가 착한 앤지 나쁜 앤지 모르는 거라고 결론을 내렸다.
아니면 아무리 착한 일을 해도 내가 자주 울기 때문에
우는 아이인 나한테 선물을 안 주었던 걸까? 치사 빤스!
하지만 나는 더 이상 산타할아버지의 존재를 믿는 꼬맹이가 아니다.
더 이상 욕심도 안 부릴 거다.
욕심 부리면 그만큼 더 내가 불쌍해져 슬프다.
오늘 이 정도만 해도 나한테는 엄청 큰 선물이니까.
내일이면 또 아버지가 분명히 차가워지겠지만
오늘 밤은 따뜻하게 푹 잘 것 같다.
싸리비나 비료포대나 자전거를 타고
하늘을 나는 꿈을 꿀지도 모르겠다.

*

아버지가 좋다?

마지막 일기의 첫 문장에 심장이 불규칙적으로 뛰었다.

그랬던 적이 있었던가? 손수레 안에서 아버지가 나를 안았다? 아버지의 품은 생각보다 따뜻했다? 어렴풋하게 머릿속에 밑그림이 그려졌다. 밑그림은 한겨울 유리창에 성에가 끼듯 점점 곁가지를 뻗어 나갔다.

*

며칠 뒤면 해가 바뀐다. 새해가 된다고 인생이 확 달라지는 건 아니지만 그래도 약간 설렌다. 새 신, 새 옷, 새 책……. '새' 자가 붙은 건 좋다. 아버지도 새 걸로 바꿀 수 있다면……, 정말로 그게 가능하다면 나는 전원일기에 나오는 최불암 아저씨가 좋다. 화도 잘 안 내고 속 깊고 폭력은 당연히 안 쓰고 가끔 파—, 따뜻하게 웃는. 까놓고 말해서 아버지는 최불암 아저씨 발톱 밑에 때만큼도 못 따라간다.

영순이는 벌써부터 방 안 벽에 새 달력을 걸었다. 그러고는 세 번씩이나 달력을 넘기며 빨간 날을 확인하더니 짜증을 냈다.

하늘은 영순이 얼굴처럼 잔뜩 찌푸려 있었다.

"뻥!"

아버지는 전날에 이어 오늘도 마당에 뻥튀기 시장을 열었다. 그럼 난 애들의 부러움을 한 몸에 받는 자랑스러운 튀밥집의 막내아들이 되었다. 나는 튀밥을 하늘로 던져 받아먹다가 땅에 떨어뜨려도 전혀 아깝지 않았다. 평소 절약정신이 투철했지만 튀밥만은 예외였다. 하지만 언제인가부터 누나는 방구석에 틀어박혀 옴짝달싹 하지 않았고, 형은 종일토록 코빼기도 내비치지 않았다. 대신 잔심부름은 영순이와 내 차지였는데 크게 불만은 없었다.

아버지는 걸핏하면 창피나 상처를 주었지만, 아주아주 가끔은 아버지 노릇을 했다는 걸 인정하지 않을 수 없었다. 부뚜막에 앉아 목수답게 뚝딱뚝딱 망치질로 최고 품질과 성능을 자랑하는 썰매나 팽이를 만들어줄 때가 그랬다. 하지만 고주망태가 되어 집안을 개판 오 분 전으로 만들면 아버지에 대한 복수심이 활활 불타오르면서 그깟 아버지다운 모습은 머릿속에서 싹 증발하곤 했다. 실제 난 아버지가 만들어 준 썰매와 팽이를 아궁이에 집어던져 불살라 버린 적도 있었다.

이튿날, 아버지는 손수레에 뻥튀기 기계를 싣고 버실로 갈 채비를 했다. 병에서 완전히 회복한 모습이었다. 아버지는 조수 노릇을 할 자식을 물색했다. 재수 억세게 없는 놈은 바로 나.

군것질에 목말라 하던 버실 사람들은 뻥, 소리가 터지기 무섭게 몰려들었다. 마치 대목장 같았다. 강냉이와 콩과 먹다 말린 떡과 누룽지를 담은 쇠통이 주인을 대신해 길게 줄을 늘어뜨리고 있었다. 난 거기서 튀밥을 자루에 담아 주는 막중한 임무를 맡았다.

겨울 해가 서산마루에서 햇살 조금 뿌리고 사라졌다. 주위를 정리하던 아버지는 주먹으로 허리를 툭툭 두드리고, 빵모자를 벗어 옷에 묻는 먼지를 탈탈 털었다. 그리고 나만 두고 사라졌다. 어둠이 온 마을을 통째로 삼킬 때까지 소식이 없었다. 난 튀밥으로 채운 배를 끌어안고 손수레에 기댄 채 쭈그려 앉았다. 몸이 오소소 떨렸다. 구름이 별을 하나 둘 가리고 있었다. 눈물이 고였다. 눈을 질끈 감았다. 볼을 타고 흐르던 눈물이 바짝 마르고 졸음이 쏟아졌다.

시간이 얼마나 지났을까? 몸의 감각이 깨어나고 있을 때쯤 인기척이 들렸다. 한숨소리와 술 냄새, 그리고 떨리는 목소리.

"어이그, 불쌍한 놈."

꿈인지 생시인지 판단이 잘 서지 않았다. 눈을 번쩍 떴다.

"이눔으 짜슥 안즉 안 가고 뭐했노?"

아버지가 내 어깨를 툭 치며 퉁명스럽게 말했다. 떨리는 목소리도 아니었다. 아까 들었던 건 환청일 가능성이 컸다. 나는 아버지에게 기대한 게 없었기 때문에 별로 실망하지도 않았다. 하지만 막막했다. 뻥튀기 기계를 실은 손수레는 둘째치더라도 배

틀걸음을 걷는 아버지를 어떻게 해야 할지 선뜻 판단이 서질 않았다. 그렇다고 넋 놓고 있을 수도 없는 노릇이었다.

아버지를 손수레에 싣는 데에도 등줄기에 땀이 났다. 아버지는 혀 꼬부라진 소리로 그냥 놔두라는 말만 되풀이할 뿐 더 이상 몸도 가누지 못했다. 말 지독히 안 듣는 황소 한 마리를 싣는 것 같았다.

난 한꺼번에 가쁜 숨을 토해냈다. 허연 입김에 튀밥 냄새가 났다. 아버지는 꿈속에서 돼지비계라도 구워 먹는지 냠냠, 입맛을 다셨다. 속에서 뜨거운 불길이 치솟았다. 삼십 년 가까이 이 꼴을 보고 사는 엄마의 마음속에는 찬물이 샘솟고 있을 거라는 생각이 들었다. 아니면 부처님이 들어앉아 있거나.

끙끙, 젖 먹던 힘까지 짜내서 손수레를 끌기 시작했다. 꿈쩍도 않던 바퀴가 조금씩 움직이기 시작했다. 여자애 하나가 팔짱을 끼고 지나가다 힐금힐금 쳐다보았다. 난 벌겋게 달아오른 얼굴을 감추어 주는 어둠에게 큰절이라도 올리고 싶은 심정이었다.

신작로에 들어섰다.

"크르렁 쿠르렁 푸르르르……."

아버지의 코 고는 소리가 겨울바람을 타고 미루나무 사이로 빠져나갔다. 난 기진맥진한 채로 손수레 손잡이에 걸터앉아 잠시 숨을 몰아쉬었다.

멀리서 누나 목소리가 들렸다. 난 빽 소리 지를 힘도 없었다.

다리가 후들거렸다. 누나는 날 부축해 손수레에 태웠다. 같이 온 형이 끌고 누나가 밀었다.

아버지의 몸에서 술 냄새가 훅 끼쳤다. 그게 싫으면서도 난 아버지 옆에 바짝 붙어 앉았다. 속으로 추위 때문이라고 변명을 했다. 근데 이상하게 이불처럼 포근했다. 진짜 이상하게 아버지의 콧김과 입김도 따뜻했다. 아마 지금은 마음도 봄볕일 것 같았다. 아버지는 평소에 이 봄볕을 왜 숨기고 지낼까, 하는 생각이 들었다. 그리고 아버지를 뚫어지게 쳐다보며 맘속으로 소곤댔다.

'아부지, 제발 술 좀 끊으면 안 돼요? 그라믄 가난해도 괜찮은데…… 열심히 공부해서 호강 시키 줄 수 있는데…….'

시간이 흐르고 하늘이 구름에 닫혔다. 별이 잠들었다. 나도 잠이 쏟아졌다.

덜커덩대는 소리에 깜짝 놀라 깨어나니 아버지가 나를 내려다보고 있었다. 팔로 내 머리를 감싼 채였다. 바람이 차갑게 느껴지지 않았다. 아버지의 눈빛은 나에게 무슨 말을 하는 것 같았다. 나는 얼른 시선을 피했다. 코끝이 시큰했다. 까슬까슬한 아버지의 수염이 볼에 닿았다. 이러면 안 되는데, 하는 생각이 들면서도 기분이 좋았다. 이러면 안 되는데, 하면서도 난 눈을 감고 기운 없는 척 잠꼬대를 하는 척 아버지의 겨드랑이 속을 파고들었다.

"퍼얼펄 눈이 옵니다!"

영순이가 돼지 멱따는 소리로 부르는 노래에 눈을 번쩍 떴다. 집이었다. 정신을 차려 보니 나 혼자 손수레에 탄 채였다. 하늘에서 함박눈이 펑펑 내리기 시작했다. 눈 풍년이었다. 세상이 하얗게 탈바꿈하고 있었다. 영순이와 난 고개를 젖히고 입을 벌리고 두 팔을 벌린 채 빙빙 돌았다. 혀끝에 닿은 함박눈송이가 사르르 녹았다.

지붕에 마당에 장독대에 산울타리에 짚단 더미에 감나무에, 소록소록 눈이 내렸다. 튀밥 같은 눈이 소복소복 쌓였다. 튀밥집에 튀밥꽃이 핀 듯 신비로웠다. 마치 마법의 세계에 발을 들여놓은 것 같은 기분이었다. 난 멍들고 그을음 낀 마음을 헹구기 시작했다.

시간이 약이라는 어른들의 말은 맞기도 하고 틀리기도 했다. 큰 잘못을 저질러 가슴 조마조마했던 순간들, 얼굴 시뻘게지도록 창피를 당했던 순간들, 술 취한 아버지 때문에 눈물 흘렸던 순간들……. 그 지옥 같은 순간들을 빨리 잊으려고 발버둥치면 칠수록 거미줄에 친친 감기는 느낌이었다. 근데 해가 서산으로 쏙 빠질 때마다 내 머릿속에서 안 좋은 기억을 조금씩 훔쳐갔다. 하지만 훔쳐간 만큼 혹은 그 이상 아버지는 안 좋은 기억을 남겼고, 그 기억은 차곡차곡 쌓였다. 긴긴 겨울방학이 끝나고 개학날, 영지가 아무도 몰래 전학 간 사실을 알았을 때는 세상이 끝난 것 같았다. 군인이었던 아버지가 다른 지역에 발령이 나서 급하게 이사 간 거라고 했다. 아직 못한 말도 있는데. 졸업식 때 잠깐 올지도 모른다는 선생님의 불확실한 말에 가슴만 답답해졌다.

*

'어이그, 불쌍한 놈.'
 문득 환청이 들린다. 그때 그 소리는 정말 환청이었을까?
 그때 그 느낌이 고스란히 재생된다. 튀밥 냄새, 뺨을 훑고 지나가던 찬바람, 아버지의 겨드랑이 쪽으로 머리를 들이밀었을 때의 촉감, 술 냄새와 섞인 아버지 특유의 냄새, 까슬까슬한 수염…….
 머릿속이 하얘졌다.
 단기기억상실증. 왜 그 부분을 칼로 오려낸 듯 새까맣게 잊고 있었을까?
 어쩌면…….
 중학교 때 아버지에 대한 마지막 기억이 그날의 따뜻한 기억에 먹물을 붓고 꽁꽁 급속냉동을 시켰는지도, 몰랐다.
 일기는 끝났다. 일기장을 덮고 머리맡에 던졌다. 일기장 속에서 뭔가가 삐죽 삐져나왔다. 천천히 맨 마지막 장을 펼쳤다. 중

학교 때 일기가 두 개 더 기록되어 있었다. 그리고 이불 위로 떨어지는 가족사진. 언젠가 추석 때 찍었던, 처음이자 마지막이 되었던. 그게 왜 이 일기장에 끼워져 있었는지는 기억나지 않는다. 난 가족사진을 제쳐 두고 일기 속으로 걸어 들어갔다.

18
대반란

4월 14일

중학생이 되어 처음 쓰는 일기다.
좀 낯설다.
1월 1일 새해에 이 일기장을 다시는 찾지 않겠다고 맹세했는데.
나 아쉬울 때만 찾는 것 같아 일기장한테 미안하다.
아무리 슬퍼도 웬만하면 참고 가능하면 긍정적으로 생각하려고 했는데.
또 이렇게 되어 버렸다.
이렇게라도 하지 않으면
심장이 펑 터져 나라는 존재가 공중분해될 것 같다.

그러니까 비밀 일기를 쓰는 건 일종의 응급 처치라고 할 수 있다.

아프다.
머리도 아프고, 마음도 아프고, 팔꿈치도 아프다. 쿡쿡 쑤신다.
고의든 실수든 용서할 수 없다.
흉터가 남아 있는 한 결코.
지금부터 아버지라는 말도 안 쓸 거다.
왜 진작 이런 기발한 생각을 못했는지 모르겠다.
그 인간? 좋다.
그 인간은 살기를 포기한 것 같다.
그러면 곤란한데.
복수는 어떡하라고.
계획에 큰 차질이 생길 것 같아 불안하다.
어른이 되어서 힘과 돈이 생기면
세상에서 가장 악랄하고 치사하고 야비한 수법으로
그동안 당했던 만큼, 아니 당한 것보다 백배 천배 되갚아 줄 작정인데.
제발 기다려라, 그 인간!

중학교는 별천지였다. 버스는 나를 매일 행복의 나라로 데려다 주었다. 나는 까슬까슬한 스포츠형 머리를 자주 쓰다듬으며 어떤 만족감을 맛보았다. 가끔은 걸어서 학교에 가는 어리디어린 것들을 연민어린 시선으로 바라보기도 했다. 버스를 타고 족히 삼십 분은 가야 있는 읍내 중학교는 일종의 은신처였다. 국민학교와는 댈 게 아니었다. 비로소 안심이 되었고, 도서부 친구들과 맘껏 장난을 치고 집에 늦게 돌아가는 것이 세상 무엇과도 바꿀 수 없이 달콤했다. 그냥 학교가 우리 집이면 좋겠다고 생각한 적도 있었다. 그때쯤 변성기까지 찾아와 부쩍 어른이 된 것 같았다. 국민학교 다닐 때와는 차원이 다른 삶을 살고 싶었다. 그래서 아버지를 이해하려는 노력을 해보기도 했다. 엄마가 들려주었던 아버지의 과거를 떠올리며 아버지도 따지고 보면 불쌍하다, 충분히 그럴 수도 있었겠다, 중얼대며 자기최면을 걸기도 했다. 하지만 그건 어디까지나 불가능을 전제로 한 시도였다는 걸 뒤늦게 깨달았다.

아버지가 떡 버티고 있는 집은 중학생이 되어서도 매한가지였다. 먹구름주의보가 먹구름경보로 바뀌고 가끔 예보도 없이 태풍이 몰아닥쳐 집 안을 초토화시키기도 했다. 그래서 집을 좀 더 일찍 벗어난다는 것, 가능한 한 늦게 집에 돌아갈 수 있다는 것, 그것만이 유일한 위안이었다.

유난히 집으로 돌아오기 싫던 날. 사달이 나고 말았다.

도서실에서 문고판 세계문학전집을 읽다가 막차를 타고 집으로 향했다. 고등학생 동네 형들과 누나 몇 명이 앞서가고 나는 신발을 질질 끌며 가기 싫은 집으로 걸음을 떼놓았다. 뒷걸음질을 치다가 다시 터덜터덜 앞으로 걸어가다가 길가에 오줌을 질질 갈겼다.

한길에서 골목으로 들어섰을 때, 사람들이 우리 집 쪽을 힐끔거리며 수군대고 있는 모습이 눈에 들어왔다. 석연치 않은 분위기로 봐서 십중팔구 또 일이 터진 거였다. 적응 불능 상태의 심장은 사태 파악도 하기 전 벌떡대기부터 했다. 난 사람들의 시선을 피해 빙 돌아서 뒤란으로 들어갔다.

집은 이미 아수라장이었다. 마당에 들어서자마자 쿵 소리와 함께 전기밥솥이 내 발 쪽으로 떼굴떼굴 굴러왔다. 당연히 파렴치한 아버지 짓일 거라 생각했던 난 짜증이 확 치밀었다. 아가리를 벌리고 있는 밥솥에서 흰 밥이 쏟아졌다. 밥 냄새가 훅 끼쳤다. 그 상황에 배 속이 꼬르륵댔다. 고개를 확 치켜들었다. 그 순간, 난 놀라움에 입을 다물지 못했다. 살림을 때려 부수고 있는 사람은 바로 바로, 엄마였다. 나는 고개를 흔들고 손등으로 눈을 비비지 않을 수 없었다.

"이기 미칬나? 절로 안 꺼지나!"

엄마는 술에 취해 비틀대는 아버지의 바짓가랑이를 붙잡고 늘어졌다.

"직이라! 직이라! 내 직이삐고 그 년한테 가 새 살림 차리라, 으이!"

엄마는 목에 핏대를 세우며 악을 써댔다. 누나와 형은 엄마를, 영순이는 아버지를 뜯어말리고 있었지만 역부족이었다. 그건 엄마의 대반란이었다. 답답하리만치 순종적이었던 엄마 몸에서도 술 냄새가 났다. 알코올은 엄마까지 백팔십도로 바꿔 놓았다.

결국 그 일이 곪고 곪아서 터진 모양이었다. 마을 사람들한테 숱한 화제를 뿌렸던 아버지와 정님이 엄마의 염문설은, 그때 아버지의 침묵과 정님이네의 이사로 일단락된 게 아니었다. 난 읍내 시장 통에서 아버지와 정님이 엄마가 함께 있는 걸 목격한 적이 있었다. 상태가 "너그 아부지 아이가?" 했을 때, 난 못 본 척 시치미를 떼고 급히 발걸음을 돌렸다. 그 문제에 대해 안심하고 있던 엄마가 받을 충격을 생각하면 벼랑에서 곤두박질치는 기분이었다. 마을 사람들도 계속해서 둘의 염문설에 대해 입방아를 찧어댔고, 엄마의 귀에 들어가는 건 사실 시간문제였다. 그리고 그 시간은 예상보다 일찍 찾아왔다. 사건의 전말은 이랬다.

오일장이 서는 날, 엄마는 읍내로 가는 버스에서 자식 자랑에 혈안이 되었다고 했다. 평소 내 성적에 대해 일체 관심을 안 보이던 엄마이고 보면 귀신에 씐 게 틀림없었다. 고깝게 느낀 상희 엄마가 지나가는 투로 화제를 바꾸며 며칠 전 읍내 중국집에서 아버지와 정님이 엄마가 함께 나오는 걸 본 것 같다고 염장을 질러댔다. 꽤 다정해 보이더라는 말까지 덧붙였다. 엄마한테는 청천벽력과 같은 소리였다. 동네 사람 모두가 한목소리로 개차반이라고 혀를 내둘러도 엄마한테는 엄연히 남편이고 자식들의 아버지였다. 공공장소인 버스 안에서 정숙하지 못한 이야기를 들은 엄마는 입술을 잘근잘근 깨물었다. "내 곁으면 그깟 서방 백 맹을 갖다조도 싫구마." 하며 비아냥대는 상희 엄마의 말에도 엄마는 침묵으로 일관했다. 다음 날, 엄마는 최근 들어 읍내 출입이 잦아진 아버지 뒤를 밟게 되었다. 엄마는 상희 엄마의 말이 사실이었음을 확인하고, 현장을 발칵 뒤집었다. 그리고 집으로 돌아오자마자 부엌에서 소주를 병째로 벌컥벌컥 마신 거였다.

"옘병 떨고 자빠졌네. 그기 소원이라믄 직이 주지."

입이 열 개라도 모자랄 판에 육두문자를 쏘아 대는 꼴이라니. 구경꾼들은 아버지의 금수만도 못한 언행에 아연실색했다.

아버지가 엄마의 배를 발로 수차례 찍어 댔다.

"뒤져라, 뒤져!"

엄마가 몸부림을 치는 통에 아버지가 비틀대며 엉덩방아를 찧었다. 아버지는 씩씩대며 헛간으로 가더니 낫을 들고 달려왔다. 엄마를 둘러싸고 있던 우리 형제들은 멈칫했다. 누구도 아버지 가까이 접근할 수가 없었다. 다리는 풀리고 숨은 멎는 것 같았다. 아버지가 낫을 휘둘러 댔다. 휘두를 때마다 심장에 비수가 꽂히는 기분이었다. 신변의 위협을 느낀 마을 사람들은 팔짱을

긴 채 구경만 할 뿐 더 이상 아무도 나서지 않았다. 영순이가 발을 동동 구르며 이웃사람들에게 도움을 요청했지만, 허사였다.

아버지가 고주망태가 된 게 다행이라면 다행이었다. 낫을 휘두르는 정확도가 눈에 띄게 떨어졌다. 하지만 언제 뒷걸음치다가 쥐를 잡을지 모르는 절체절명의 순간. 아버지는 마루로 올라서기 전 한 번 넘어졌다가 다시 일어섰다. 그러더니 허리춤에서 많이 내려온 바지자락에 밟혀 또 넘어졌다. 달이 휘영청 밝았다.

엉금엉금 기다시피해서 마루에 올라온 아버지는 몸을 주체 못해 흐느적대고 있는 엄마를 발로 찼다. 그러고는 엉거주춤한 자세로 엄마를 향해 다시 낫을 휘둘렀다. 일이야 어떻게 되었던 일단은 아버지를 진정시키는 게 급선무였지만, 엄마는 제정신이 아니었다. 가슴을 쭉쭉 내밀며 저돌적으로 아버지를 방어, 아니 공격했다. 엄마를 저토록 미치게 한 원흉은 주춤 물러나더니, 엄마를 한쪽 손으로 떠밀었다. 애초에 낫으로 엄마를 죽일 요량은 아니었던 모양이었다. 그래도 안심하고만 있을 수는 없었다. 엄마는 짐승처럼 울부짖었고 아버지는 다시 낫을 치켜들었다. 날카롭게 벼린 낫의 날에 달빛이 번득였다. 순간 무엇이 나를 움직였는지 지금 생각해도 아득하기만 하다. 그때 살기를 느낀 건 아마 너무도 아름다운 달빛 때문이었다고 하면 지나친 억측일까? 난 달빛이 이끄는 대로 아버지의 등을 툭 밀었다. 살짝 힘을 준 것 같은데 아버진 중심을 잃고 마루에서 굴러 떨어졌고, 섬돌을 거쳐 마당에 널브러졌다. 미동도 하지 않았다. 순간이 영원 같았다.

"죽었는 갑다."

영순이가 정적을 깨고 말했다. 나도 간절히 그러길 바랐다. 정당방위였으니까, 증인들이 있으니까, 떳떳했다. 영순이가 아버지 곁으로 다가가 아버지의 뺨을 찰싹찰싹 때렸다.

"살았다."

아버지가 팔자 편하게 코를 드르렁드르렁 곯았다. 그러다가 창자를 쏟아낼 듯 기침을 해댔다. 급기야는 피까지 쏟아냈다. 나는 다리가 후들후들 떨리고 온몸의 기가 쭉 빠지는 느낌이었다. 안도의 한숨인지 실망의 한숨인지 성격을 명확하게 규정짓지 못한 나는 그 자리에 털퍼덕 주저앉고 말았다. 한기가 몸을 덮쳤다. 그리고 정신을 잃었다.

그날 결석을 하고 꼬박 하루를 잤다.

영순이와 형과 누나는 학교를 갔고, 엄마도 자고 나도 자고 아버지도 잤다. 다음 날 나와 엄마는 일어났고 아버지는 계속 누워 있었다. 기침 소리가 점점 깊어지고 심해졌다. 다음 날도 그 다음 날도 아버지는 누워 지냈다. 하느님은 마지막 기회를 잘 사용하지 못한 아버지에게 천벌을 내리는 것 같았다. 기쁘고 한편 두려웠다.

그다음 날 아버지는 진주의 대학병원을 찾았다.

"또 그년 만나로 가는 갑지?"

엄마가 구시렁댔지만 아버지는 대꾸도 안 하고 마당을 벗어 났다.

그날 밤, 형은 술에 절어 마을 어귀에 넉장거리로 뻗어 있는 아버지를 부축하고 돌아왔다. 웬일로 밥 차려라, 꿀물 타라, 술 가져와라, 말이 없었다. 하다못해 괜히 엄마한테 생트집을 잡거나, 소나 개를 괴롭히지도 않았다. 그렇게 요상한 하루가 무사하게 지나가는 듯했다.

"아이고, 아이고!"

어디서 다 죽어가는 소리가 들렸다. 누나가 불을 켰다. 눈이 부셨다. 새벽이었다. 아버지의 방에서 계속해서 신음이 들려왔다.

아버지는 고래고래 고함을 지르고, 갑자기 웃다가 또 울다가…… 몸은 둘째치고 정신까지 어떻게 된 줄 알았다. 아버지는 위암 말기라는 최후통첩을 받았다고, 그러면서 원통하고 절통하다고 했다. 난 그게 어떤 건지 잘 몰라 눈을 비비며 어리둥절해 있는데 엄마가 냉정하게 쏘아붙였다.

"그라믄 그렇게 담배 처묵고 술 처묵고 했는데, 천년만년 살기를 바래, 어이쿠야!"

아버지는 엄마한테 어디다 입을 함부로 놀리느냐고 윽박지르지 않았다. 그런 아버지의 모습이 왠지 낯설었다. 뜬눈으로 새벽을 보냈다.

그날 학교에서 일찍 돌아와 부뚜막 앞에 쪼그려 앉아 쇠죽을 끓이고 있을 때였다. 영순이가 삐죽삐죽 울며 다가왔다.

"오빠야, 위암이 뭐꼬?"

"……."

"죽는 기가?"

말하기 싫은데 영순이가 계속 물었다.

"니는 죽었으믄 좋겠나?"

"아니, 난 아빠 죽는 거 싫다."

"와?"

"와는 뭐가 와고? 세상에 아빠 죽는 거 좋아하는 사람이 오데 있노?"

난 종종 영순이의 지극히 당연한 반문에 말문이 막혀 버렸다.

아버지는 집안 살림을 때려 부수기 시작했다. 욕을 퍼부으며 문짝을 때려 부수고, 텔레비전을 마당에 내동댕이치고, 간장독을 박살 냈다. 엄마는 말리지 않았다. 아버지의 행패와 트집은 도를 한참이나 넘었다. 엄마가 좋아 죽을 거라 확신했고, 나중엔 엄마의 정절까지 의심했다. 엄마의 침묵은 아버지를 더욱 자극시켰다. 아버지는 헛간에서 낫을 가져와 다 죽인다며 휘둘러 댔다. 거의 상습적이었다. 엄마한테 그 작자가 누구냐고, 당장 대라고, 윽박질렀다. 엄마가 복장 터져 못살겠다고 주저앉자 발길질을 해댔다. 엄마는 주먹으로 가슴을 툭툭 치며 부엌으로 들어갔다. 그러고는 아궁이 앞에 쭈그려 앉았다. 아버지는 엄마를 향해 달려갔다. 엄마의 등을 내리찍을지 모른다는 두려움이 내 등을 떠밀었다. 난 아버지보다 먼저 뛰어가 뒤에서 엄마를 끌어안았다.

"앗!"

오른쪽 팔꿈치에서 선혈이 뚝뚝 떨어져 부엌 바닥을 적셨다. 왼쪽 손으로 팔꿈치를 감쌌지만 소용없었다. 뼈를 파고드는 통증이 오히려 마음을 차분하게 만들었다. 드디어 끝났다는 생각에 오히려 안도의 한숨이 나왔다. 아니나 다를까 아버지는 부엌 문짝에 낫을 꽂고 집을 벗어났다. 난 쓰러졌고, 깨어나 보니 병원이었다. 그리고 살아서 집으로 돌아왔다. 아버지는 내 팔꿈치에 친친 감긴 하얀 붕대를 보고도 별말이 없었다. 내가 아는 한 그건 아버지가 반성하는 방식이었다.

담당 의사는 아버지의 건강 상태에 대해 가망성이 없다고 딱 잘라 말했다고 했다. 기적은 아예 언급하지 않았다고. 아버지는 그만 미련을 버리고 가장 먼저 가족들에게 참회의 눈물로써 사죄를 해야 했다. 체면상 무릎은 꿇지 않더라도 정말 미안했다고, 한마디 정도는 해야 했다. 그런데도 안면몰수. 병을 숨기고 묵묵히 세상을 떠났더라면 난 뜨거운 눈물을 한 방울 정도 흘렸을지 모른다.

탐욕은 한도 끝도 없었다. 아득바득 살려고 하는 모습이 역겨

왔다. 엄마한테 힘 빠진 팔을 휘두르며 돈을 구해 오라고 난리를 쳤다. 소화도 못 시키면서 소고기 반찬을 내놓으라고 협박을 했다. 기껏 구해다 먹이면 노망난 늙은이처럼 게걸스럽게 먹어치우다가 그대로 게워내기 일쑤였다.

"팔자가 우찌 저리 똑같으꼬?"

엄마가 한숨 섞인 목소리로 말했다. 순간 할아버지가 떠올랐다. 아버지는 거짓말처럼 온순하게 숟가락을 내려놓았다. 엄마가 한 말에서 생략된 말이 무엇인지를 너무도 잘 알았다. 언젠가 들었던, 아버지가 죽도록 미워했을 것 같은 할아버지 모습. 아버지의 행동은 그걸 증명하고도 남았다.

그 후로 아버지는 진통제와 알코올의 힘으로 살아갔다. 늘 호주머니와 머리맡에 진통제가 있었다. 억지로 생명의 끈을 연장하고 있었지만, 그건 살아 있는 모습이라고 장담할 수 없었다. 아버지 방에 걸려 있던 거울은 산산조각이 났다. 때론 진통제를 입 안에 넣고 소주를 들이부었다. 아버지는 뭐가 두려웠던 걸까? 뭐가 억울하고 분했던 걸까? 궁금했지만 나는 아버지에 대해 잘 몰랐다. 알고 싶지 않았기 때문에 알려고도 하지 않았다.

19
개밥바라기

2월 7일

왜 그랬을까?
귀신한테 씌었던 게 틀림없다.
그렇게밖에 설명이 안 된다.
국화빵을 왜 사 왔을까?
잘한 짓인지 헛짓인지 아직도 많이 헷갈린다.
그 인간이 나한테 더듬더듬 고맙다고 말했다.
아무 감동도 없었다.
그냥 지긋지긋할 뿐이다.
떠나고 싶다.

나를 아는 사람이 없는 낯선 곳에서 살고 싶다.

성적이 자꾸 올라간다.

좋으면서도 마냥 좋지만은 않다.

불쑥불쑥 욕심이 생기는 거 같아 불안하다.

가난과 욕심은 상극이라고 하던데.

나는 쥐뿔도 없으면서 욕심만 많다.

1학기 때 장학금을 받았다.

그때 그 인간은 아픈 몸을 이끌고 읍내까지 가서 중고 책상을 사 왔다.

그러고는 하루 종일 실실 웃었다.

나도 기분이 좋았지만 표는 거의 안 냈다.

그 인간이 흐뭇해할까 봐.

누나와 형, 특히 영순이는 공부 잘 하는 나를 돌연변이라도 되는 것처럼 본다.

2학기 때도 천재지변이 없는 한 장학금을 받을 예정이다.

하지만 이번에는 그 인간한테 철저하게 비밀로 할 거다.

그 인간이 좋아하는 꼴은 못 본다.

아, 답답하다.

봄방학이 끝나면 벌써 중학교 2학년이다.

하지만 난 곧 다가올 봄방학이 부담스럽기만 하다.

그 인간이랑 같은 공간에 있는 건 내 숨통이 조여드는 일이다.

가능하다면 학교에 방학기간을 반납하고 싶다.

아, 한숨 나온다.

그 인간 목숨이 얼마 남지 않은 것 같다.

그게 피부로 느껴진다.

그럼 우리는 행복해질까?

행복해지지 않으면 어쩌지?

불안하다.

죽든 살든 그 인간이 어딘가로 사라지는 게

행복을 위한 유일한 해결책인 줄 알고 살았는데…….

막상 그 인간이 사라져도 여전히 불행하면 난 어쩌지?

아, 미치겠다.

눈발이 날리기 시작했다.

버스가 끊긴 휑뎅그렁한 정류장. 대합실에서 표 팔던 누나는 털목도리를 친친 감고 손가방을 챙겨 들었다. 귤을 팔던 노점상 아저씨도 일찌감치 손수레를 돌렸다. 정류장 귀퉁배기에서 국화빵을 굽던 할머니는 연이어 밭은기침을 했고, 지하 다방에서 올라온 누나는 몸을 움츠린 채 커피가 든 보온병을 들고 잰걸음으로 정류장을 가로질렀다.

몇몇 애들은 대합실 옆 슈퍼마켓 안에서 난로를 차지하고 앉아 있었다. 각자 이 순간 이 세상에서 가장 절실하고 맛있는 음식인 호빵을 하나씩 먹고 있었다. 결코 내가 낄 수 있는 자리가 아니었다. 난 슈퍼마켓 바깥에서 시린 손에 호호 입김을 불다가 마구 비벼 댔다. 그리고 감각이 없어진 발가락을 계속 꼼지락거렸다.

강가 쪽으로 걸음을 옮겼다. 강물 위 한자리에 붙박여 흔들리고 있는 가로등 불빛 기둥이 꼭……, 나 같았다. 아버지라는 차가운 강에 빠져 허우적대는. 그런 생각이 들자 당장이라도 책가방을 내팽개치고 물줄기를 따라 훌훌 떠나고 싶었다. 동시에 부쩍 늙은 엄마 모습이 그려졌다.

난 가볍게 고개를 흔들며 눈길을 돌렸다. 누런 똥개 두 마리가 깨갱거리며 슬며시 국화빵 굽는 할머니 곁으로 다가갔다. 꼴딱, 침이 넘어갔다. 난 다시 호주머니 속 천 원짜리 지폐를 만지작거렸다.

"범아, 기범아! 오늘도 안 올란갑다. 기냥 걸어가자."

엄마 심부름으로 철물점에 다녀온 상태가 인상을 쓰며 말했다.

"호준이 새끼는 좋겠다."

호준이는 읍내 삼촌 집으로 갔다. 상태의 말투에는 호준이에 대한 부러움보다는 우리를 데려가주지 않은 것에 대한 배신감이 강하게 풍겼다.

"에이 씨, 매칠째 이기 뭐꼬? 다리 아푸고 춥고 배고푸고, 똑

미치겠다. 낼은 아예 학교 가지 말아뿌까?"

상태가 날뛰는 개를 향해 힘없이 발길질을 했다.

"가자. 딱 보이까 오늘도 차 오기는 글렀다."

나는 상태의 불평불만은 모르는 척하고 할 말만 했다.

"잠깐만! 내 오줌 좀 누고."

난 상태가 공중 화장실에 간 사이 국화빵을 사서 얼른 잠바 안주머니에 집어넣었다. 몇 번을 고민하다가 내린 결정이었다.

가는 길 내내 상태는 계속 뭐라고 종알거렸다. 딴생각을 하느라 내가 대답을 못하자 상태는 입을 꾹 다물었다. 그러다가 얼마 안 가 또 혼자 종알거렸다. 뽀드득뽀드득 눈밭에 내 발자국이 흔적을 남겼다. 아버지도 내 가슴에 많은 흔적을 남겼다. 때론 심장에 날카로운 면도날로 상처를 냈고, 때론 가슴속에 차가운 얼음물을 끼얹었고, 때론 머릿속에 시꺼먼 먹물을 들이부었다.

"배신자!"

상태는 한마디 툭 던지고는 앵돌아져 갔다.

줄곧 팔짱을 낀 채 몸을 웅크리고 있던 내 모습이 수상했던 모양이었다. 자꾸만 가슴팍을 조사하려 드는 상태 때문에, 고생한 보람도 없이 들통 나고 말았다. 식탐에 관한 한 타의 추종을 불허하는 상태를 속이는 건 애당초 무리였다. 그래도 상태는 내일 아침이면 언제 그랬느냐는 듯이 학교 가자고 먼저 고함을 칠 거였다.

어깨를 축 늘어뜨리며 마당에 들어섰다. 습관적으로 가슴이 답답해졌다. 어떨 땐 마당에 들어서기가 두렵기까지 했다. 그 두려움은 복수할 대상이 맥없이 고꾸라져 있는 데서 오는 무력감이나 허탈감 같은 것이었다. 아버지에 대한 복수는 어쩌면 내가 사는 이유였는지도 몰랐다.

아버지의 방에서 알아듣기 힘들 정도의 괴상한 소리가 새어 나왔다. 아버지의 입 언저리는 마비되기 시작했다. 다들 예상했던 일이어서 크게 놀라지는 않았다.

"에고, 놀래라이! 니 언제 왔노?"

부엌에서 상을 내오던 엄마가 화들짝 놀라며 말했다.

"아까."

"어이구 이눔아이. 추분데 왔이믄 퍼뜩 들어오든가 안 하고……, 얼어죽을 뻐스는 눈만 오믄 끊기고 지랄이고, 쯧쯧."

엄마 얼굴에는 표정이 사라진 지 오래였다.

"얼렁 들어가 몸 좀 녹이고 있거레이. 쫌 이따 밥 채리 주께."

엄마는 별을 뚫어지게 바라보더니 드르륵, 아버지의 방문을 열었다. 아버지에 대한 증오는 종적을 감춘 듯 보였다. 오로지 병 수발에만 전심전력을 기울였다. 나는 그 이유가 궁금했고, 갑자기 눈시울이 뜨거워졌다.

영순이는 엎드려 숙제를 하다가 풋잠이 든 것 같았다. 영순이는 요즘 부쩍 공부에 열을 올렸다. 한때 종이었던 순기가 성적으로 영순이를 무시하자 앙심을 품은 게 틀림없었다.

두툼한 이불 속에 손을 집어넣었다. 이내 온몸이 사르르 녹았다. 아마도 엄마는 지금쯤 한바탕 전쟁을 치르고 있을 터였다. 아버지 방에서 짐승 우는 소리가 들렸다. 녹았던 몸이 다시 얼어붙는 기분이었다.

지난 일요일, 상태 엄마는 우리 집 마루에서 벌레 먹은 콩을 가리면서 툭 내뱉듯이 말했다.

"똥 치우기도 귀찮으껀데 작작 좀 믹이지!"

꼭 아버지 들으라고 부러 큰 소리로 말하는 것 같았다. 아버지는 눈을 부라리고 입을 씰룩였다. 엄마는 말없이 아버지의 턱에 묻은 죽을 손으로 훔쳤다.

"열녀 났네, 열녀 났어."

상태 엄마는 불만스러운 표정을 지으며 말을 이었다.

"공은 닦은 대로 가고 죄는 지은 대로 가는 뻡인데, 다 죗값인 기라. 누굴 탓해."

마루에서 숙제를 하던 난 귀가 솔깃했다. 엄마가 아버지 방 쪽을 바라보며 손사래를 쳤다.

"아, 들으라 카지! 내가 없는 말 지어냈나?"

상태 엄마가 빈정거리며 벌레 먹은 콩 하나를 마당으로 집어던졌다. 상태 엄마 말마따나 인과응보 자업자득이긴 했다. 아버지는 가장으로서의 책임감 따위는 가래 뱉은 휴지조각 따위로 치부해 왔으니까. 가족들에게 없으나마나 한, 아니 없는 게 훨씬 더 나은 존재였으니까.

그 일이 있고부터 아버진 죽도 얌전히 먹지 않았다. 질질 흘리며 채 반도 못 넘긴 죽을 도로 뱉기도 하고, 아예 안 먹겠다고 이를 악다물기도 했다. 그러면 엄마는 잘못한 거 하나도 없으면서 잘못했으니까 조금만 더 들라고 말했다.

"밥 묵자. 이눔의 가시나 고 새를 몬 참고 곯아 떨어졌구마."
엄마는 끌탕을 하며 영순이를 한쪽으로 밀었다.
"이따가 누야하고 성아 오믄."
"아이구야, 언제 올 줄 알고. 내 니랑 같이 묵을라꼬 배고푼 거 억지로 참았다. 빨리 묵자."

저녁을 먹는 동안 말없이 맛이 갈락 말락 하는 텔레비전만 바라보았다. 텔레비전 속에 매년 이맘때쯤 술에 취해 비틀대는 아버지가 보였다. 담배 내기 술 내기 화투를 치다가 동네 아저씨와 말다툼을 하고, 서로 멱살잡이를 하는 모습. 빈털터리가 되어 돌아오다 지나가는 동네 사람들한테 시비를 거는 모습. 사람들이 한심한 듯 끌끌 혀를 차며 멀찍이 둘러서 가는 모습…….

몇 달 사이 아버지의 몰골은 처참하게 변했다. 절뚝절뚝 다리를 심하게 절었고, 목발을 짚고서야 겨우 마당에서 햇살을 받을 수 있었다. 용하다는 의원을 방방곡곡 찾아다녔지만 돈만 날렸다. 결국 집으로 돌아와 자리보전하고 말았다. 아버지의 발은 집에 결박되었다. 엄마는 하루 종일 뒤치다꺼리를 했고, 푹푹 한숨만 쉬었다. 예전보다 훨씬 자주 주먹으로 가슴을 쿵쿵 때리기도 했는데, 난 엄마의 가슴이 이미 짓뭉개져 만신창이가 되었을 거라고 짐작했다.

오늘 새벽녘, 오줌이 마려워 잠에서 깨어났다. 엄마가 가볍게 코 고는 소리에 코끝이 찡했다. 난 살며시 문을 열고 밖으로 나왔다. 돌쩌귀에 손이 쩍 달라붙을 정도로 날씨는 매웠다. 오스스 몸이 떨렸다. 잠이 확 달아났다. 다시 이불 속으로 들어가려는데 아버지의 울음소리가 들렸다. 애타게 누군가를 부르는 소리. 하지만 아버지의 방으로 건너가 문제를 해결해 주는 건 엄마 몫이었다. 그런데도 엄마는 좀처럼 잠의 수렁에서 빠져나오지를 못했다. 난 두 손으로 귀를 막았다. 하지만 그럴수록 울음소리는 내 가슴속을 파고들었다.

아버지의 방문을 열었다. 지린내와 똥내가 섞인 듯한 역한 냄새가 코를 찔렀다. 호흡하기도 싫었다. 어둠 속에서도 아버지의 깡마른 모습은 유난히 도드라졌다. 난 아무 말 없이 아버지의 상태를 살펴보았다.

배가 고프거나 목이 마르거나 다른 쪽으로 눕길 원하거나 똥오줌을 쌌을 때, 아버지는 울었다. 난 우선 아버지의 입에 물병 빨대를 물렸다. 아버지는 고개를 흔들며 뭐라고 웅얼거렸다. 아랫도리를 벗겼다. 손끝에 축축한 느낌이 감겨들었다. 오줌을 싼 것이었다.

한참을 망설이다가, 난 아버지의 머리맡에 개켜져 있던 기저귀를 집어 들었다. 아버지의 성기. 불현듯 언젠가 밭두렁에서 오줌을 갈기던 아버지의 모습이 떠올랐다. 굵고 시원스레 뻗어 나가는 오줌 줄기는 바람에 너울너울 춤을 추었다. 그런데 지금, 한쪽으로 픽 쓰러진 채 쪼그라진 성기. 복수는 이미 무의미하다는 생각이 들었다.

"거…… 마…… 버…….."

떠듬떠듬 말하고는 멋쩍게 웃는 아버지가 서글퍼 보였다. 자꾸 목이 따끔거렸다. 갑자기 화가 치밀었다. 결국 이럴 거면서 도대체 무엇 때문에 그렇게 살았냐며 악을 쓰고 따지고 싶었다. 무릎을 세우고 앉아 한참 아버지를 노려보았다. 아버지의 모습이 흐릿해지기 시작했다. 그것이 어룽어룽한 눈물 때문이라는 건 한참 후에 알았다. 난 아버지 곁에서 까무룩 잠이 들었다.

"와 밥맛이 없나? 묵는 기 와 그렇노?"
"아니, 그냥."

난 텔레비전 전원을 꾹 눌러 껐다. 그리고 국화빵을 가슴에 품고 마루로 나갔다. 어스름 서녘 하늘에 개밥바라기가 반짝이고 있었다.

아버지의 방으로 들어갔다. 아버지는 모로 누운 채 숨을 헐떡이고 있었다. 한참을 그대로 서 있었다. 말을 꺼내는 데 상당한 용기가 필요함을 느꼈다.

"저…… 아부지. 읍내서요, 국화빵 사 왔는데…… 쪼매 주까요?"

데꾼한 눈알을 이리저리 굴리던 아버지는 천천히 고개를 끄덕였다. 아버지의 입가에 홀쭉한 주름이 잡혔다. 그게 미소였는지 아닌지 아직도 확신할 수 없다. 난 아버지 앞에 국화빵을 집어던지고픈 욕구를 간신히 참았다. 그러고는 아직도 따끈한 국화빵을 살짝 떼어 삐쳐 나온 단팥과 함께 아버지 입에 쏙 넣었다. 아버지의 까칠한 수염이 손끝에 닿았다. 가슴이 찌르르했다.

드르륵, 방문 열리는 소리가 들렸다.

"나도! 나도!"

영순이는 분위기 파악도 못하고 식탐을 냈다. 어처구니가 없어 쿡, 웃음이 나왔다. 하지만 아버지를 보자 웃음은 쑥 들어가면서 금세 우울해졌.

감나무에 올라가 개밥바라기를 바라보며 고민에 빠졌다. 앞으로 어떻게 하면 되느냐고 개밥바라기를 향해 수없이 질문을 던졌다. 하지만 개밥바라기는 어떤 답도 주지 않았다. 영롱한 빛만 발산했다. 결론이 난 건 아무것도 없는데 마음만은 편안했다.

*

눈을 감으면 선명하게 그려진다. 저승꽃이 핀 해골 같은 모습. 데꾼한 눈알을 데굴데굴 굴리면서 끝까지 살겠다고 발버둥치던. 그때 우리 가족은 빚더미에 깔려 허덕였다. 도시락을 못 싸 가는 날이 많았고, 친구들이 매점으로 향하면 난 속이 안 좋은 척 화장실로 직행한 적도 다반사였다. 화장실 문을 잠그고 쪼그려 앉아 꼬르륵대는 배를 주먹으로 쳤다. 솟구치는 울음은 침과 함께 삼켰다. 운동화 밑창이 터져 비가 오는 날에는 하루 종일 질척거렸다. 참 꿉꿉한 날들이었다.

20
봄바람

일기는 모두 끝났다. 다시 가족사진을 꺼내 보았다. 가만히 보니 아버지 품에 안긴 뭔가가 오려져 뻥 뚫린 상태였다. 가족에 속하고 싶지 않았던 나. 나는 기억한다, 그때 내 모습을, 표정을. 아버지 품을 벗어나지 못해 울상이었던.

중학교 2학년 겨울, 아버지는 세상과 작별했다. 드디어 소원 성취되었으니 당연히 감개무량해야 할 나는, 시종일관 무덤덤하기만 했다. 비현실적인 곡소리가 이어졌다. 영순이는 닭똥 같은 눈물을 흘리면서 유독 서럽게 울어 댔다. 그러면서도 틈틈이 평소에는 구경도 못할 음식으로 배를 채웠다. 난 장례식이 치러지는 동안 영전에 눈물 한 방울 안 보탰다. 사람들은 너무 슬프고 기가 막히면 눈물도 안 나온다고 했지만 나하고는 무관했다.

　나는 가난했고, 술주정뱅이 폭군을 아버지로 두었기 때문에 불행했다. 나중에는 불행하기 위해서 태어났다고까지 생각했다. 나 스스로를 저주 받은 사람이라고 규정짓기도 했다. 아버지만 생각하면 세상이 명씨박인 사람처럼 흐리멍덩하게 보였다. 우중충하고 맥 빠진 잿빛. 그건 내 마음의 빛깔이었다. 그래서 확신했다, 아버지의 죽음만이 눈부시게 찬란한 본래의 빛깔을 찾아줄 거라고. 그런데 아니었다. 천 길 낭떠러지에 서 있는 기분이었다. 하늘에서 진눈깨비가 내렸다.

　그날 이후, 난 수시로 가위에 눌렸다. 꿈속에 아버지가 등장하는 소름 끼치는 일이 비일비재했다. 아버지는 피골상접한 최후의 몰골이 아니라 사지 육신 멀쩡한 한창때의 모습이었다. 여전히 술 냄새를 풍겼고 행동은 과격했다. 꿈을 깨고 나면 온몸이 욱신거렸다. 특히 팔꿈치가 찌르르 아파 왔다. 가끔 아버지의 등을 떠밀었던 순간이 재생되기도 했다. 그건 정말이지 참을 수 없는 고역이었다. 꼭 내가 아버지를 간접적으로 살해했다는 느낌까지 들게 만들었다. 꿈속에서 난 죄책감에 시달렸다. 내 나름대로 아버지를 용서했다고 생각했다. 용서는 내가 하는 것이지 아버지가 하는 게 아니었으므로. 그런데 꿈속에서 나는 죄인이었고, 아버지는 죄인을 단죄하는 입장이었다. 악몽을 꾼 다음에는 극도로 예민해져 신경쇠약에 걸릴 지경이었다.

해방되고 싶었다. 이곳으로부터, 아버지의 환영으로부터. 이 저주 받은 집구석에서는 손끝 하나 까딱하기 싫었다. 이대로 방치했다가는 내 삶은 붕괴될 위험이 높았다. 그럼에도 불구하고 성적을 상위권으로 유지한 건 기적이었다.

고등학교 진학을 앞두고 결단을 내려야 했다. 엄마한테 필사적으로 매달렸다. 머리가 터질 것 같다고, 이곳을 벗어나지 않으면 피가 말라 죽고 말 거라고, 보내 주기만 한다면 진짜 공부 열심히 해서 장학금 받을 거고 엄마 돈 걱정 안 시키겠다고, 그래서 반드시 훌륭한 사람 되겠다고, 엄마 호강시켜 주겠다고……. 온갖 방법으로 사기를 치고 협박과 회유를 일삼고 절박한 마음으로 호언장담했지만 씨알도 안 먹혔다. 엄마의 결사반대에 난 극단적인 방법을 택하지 않을 수 없었다. 가출을 하고, 거지꼴로 돌아와, 농약병을 들고 자살하겠다고 엄포를 놓았다. 결국 굴복한 건 엄마였다.

예상과는 달리 고등학교 생활은 순탄치 않았다. 집으로부터 벗어났어도 아버지는 나를 장악했다. 대중목욕탕의 거울처럼 앞날이 뿌예지는 느낌이었다. 난 막다른 길에서 죽기 살기로 공부에 집착했다. 그것만이 아버지라는 악성종양을 퇴치할 수 있는 유일한 백신이라고 생각했다. 운은 지지리도 없었지만 노력은 내 통제 영역 안에 있는 거라고 믿었다. 믿지 않으면 끝장이었다. 과제와 시험 핑계를 대면서 명절 때도 기숙사에 남아 있었다. 영순이의 편지에도 답장하지 않았다. 내가 일부러 피하는 걸 눈치챘는지, 엄마의 배려 때문이었는지, 큰형은 명절이나 제삿날이나 벌초하는 날 나에게 연락하지 않았다. 삼 년 내내 성적 우수 장학금을 놓치지 않았고, 선생님들의 기대를 한 몸에 받았다. 점점 아버지가 잊히다가 아예 사라지는 것 같기도 했다. 하지만 그건 완벽한 착각이었다. 그동안 너무 두려워서 억지로 묻어두었던 일. 그걸 해결하지 않고는 새로운 탄생은 불가능하다는 걸 참 오랜 시간이 지나서야 깨달았다.

가족사진을 일기장 백지 위에 올려놓았다. 그리고 오려진 곳에 빙그레 웃고 있는 내 얼굴을 그려 넣었다. 가슴이 쩌릿쩌릿 아팠다.

창문을 열었다. 말갛게 세수를 한 듯 이른 아침 별이 반짝 빛났다.

드르륵, 방문이 열렸다.

"하이고, 내는 불 키고 잤는가 했다. 뭐 한다꼬 날밤을 꼬박 샜노?"

난 벌떡 일어나 엄마를 꼭 껴안았다. 엄마 냄새. 바싹 마른 보릿대나 콩깍지 혹은 솔가리 냄새 같은.

"야가 와 이카노? 얼라다, 얼라."

엄마는 두 팔을 겨드랑이에 딱 붙인 채 몸부림을 치며 웃었다.

"근데 이 방 왜 이리 뜨끈뜨끈해? 땔감 구하기도 힘들 텐데."

엄마는 웃음으로 대답을 대신했다. 그 웃음은 나한테 말했다.

'니가 언젠가는 이 방에 들어올 줄 알았다.'

어느새 날이 희붐하게 밝아오고 있었다. 잠 한 숨 못 잤는데 잠이 오지 않았다.

아침을 먹으면서 엄마는 조심스레 얘기를 꺼냈다.

"오늘 시간 괘안으믄 같이 산에 좀 갈라 캤는데. 피곤해서 안 되겠제?"

"뭐 하실라꼬?"

"도래이 좀 캘라꼬. 그기 기관지에 그리 좋다 안 카나. 맻 년 전에 꼴짜기 밭에 도래이 씨 쫌 뿌리났디만 얼매나 실하게 자랐는가 몰라."

"같이 가."

산길을 밟았다. 마음이 홀가분하니 몸도 깃털처럼 가뿐했다. 도라지 밭으로 가는 길은 아버지 무덤으로 가는 길이었다.

눈앞에 아버지를 실은 꽃상여가 지나가고 있었다. 그리고 만장을 든 사람들의 행렬. 선소리꾼의 요령 소리가 들려왔다. 이제 가면 언제 오나, 어허야 데야. 선소리꾼이 선소리를 매기면, 난 속으로 꿈에도 올 생각 하지 말라고 중얼거렸다.

엄마는 도라지 밭으로 빠지고, 난 아버지를 따라 계속 걸었다. 아버지와 만나야 한다. 엄마는 어디 가느냐고 묻지 않았다.

비석 하나 없이 붕긋 솟은 아버지의 무덤.

겨울 햇살이 유난히 다사롭고 눈부셨다. 눈을 감았다.

'아버지…… 저 왔어요.'

할 말이 많을 줄 알았는데, 못 다한 말들을 마구 쏟아낼 줄 알았는데. 막상 마주하니 아무 말도 생각나지 않았다. 원망도 증오도 세월 앞에 희석되고 소진되어 버렸는지. 도대체 가슴 밑바닥에 똬리 틀고 있던 감정의 정체는 무엇이었는지, 종잡을 수가 없었다.

눈을 떴다. 잠깐 현기증이 일었다. 눈을 감았다 떴다. 그리고 다시 감았다.

여기저기 구석구석에서 솜털 보송보송한 연둣빛 새싹이 삐죽 올라오고 있었다. 응달에 남아 있던 눈이 사르르 녹으면서 아지랑이가 피어올랐다. 어느새 봄이었다. 봄은 쉴 새 없이 요술을 부렸다. 생강나무에서 노란 꽃망울이 폭죽처럼 화들짝 놀라 피었다. 노란 나비 흰 나비가 쌍쌍이 아버지의 무덤 위에서 나풀댔다. 문득 팔꿈치가 가려웠다. 흉터에서 나비가 꿈틀대다가 나풀나풀 날갯짓을 했다. 나비는 정자나무골을 향해 날아가 천지 사방에 봄 가루를 뿌렸다. 겨울잠에서 깨어나는 정자나무골의 꿈틀대는 소리가 반가웠다. 그 아래 응달진 미나리꽝에도 봄 미나리가 청청했다. 들판엔 푸릇푸릇한 보리가 살갗에 감기는 부드러운 바람에 물결을 이루었다. 이 산 저 산에선 참꽃이 흐드러졌다. 여기저기서 꽃 사태가 났다.

어느새 난 산등성마루에 있었다. 아래를 내려다보니 감실에 봄이 남실댔다. 한창때의 아버지가 저 멀리 논바닥에서 땀 뻘뻘 흘리며 쟁기질을 하고 있었다. 이랴 이랴, 자랴 자랴. 소를 부리는 아버지의 우렁찬 목소리가 귓가에 울려 퍼졌다.

집에 돌아와 일기장을 들고 감나무에 올랐다. 이불 속에서, 감나무 위에서, 일기를 쓰던 기억. 그건 유일하게 나 자신과 소통하는 길이었고, 아버지 때문에 들끓어 올랐던 광기를 잦아들게 하는 방법이었다. 일기장에 비밀을 털어놓으면 감정을 노출시키지 않아도 참을 만했다. 감정이 곪다가 터져 피 칠갑이 되었지만 꿰매고 덮어 두기만했다. 누가 접근할까 봐, 훔쳐볼까 봐, 아프다는 내색도 하지 않았다. 상처는 낫지 않았다.

이제 돌곰겼던 상처가 터졌다. 불그죽죽한 피고름이 주르륵 흘러나왔다. 수선 떨며 꿰매고 덮지 않았다. 그래서 쓰라렸지만 한편으로는 시원했다. 이제 차차 아물 일만 남았다. 그 어렵지도 않은 비밀을 알아차린 건, 어쩌면 마음에 살랑 분 봄바람 때문인지도 몰랐다. 봄바람은 가슴에 머물던 먹구름을 조금 밀어냈다. 그러고는 일기장을 펼쳤다.

21
마법의 꽃

숱한 방황.

그건 일종의 해거리였다.

지금 내 마음은 비틀어지고 구겨지고 해지고 갈기갈기 찢긴 상태.

문득 동이 틀 무렵이 가장 어둡다는 상투적인 말이 생각난다.

그러니까 내 삶은 그동안 동이 틀 무렵이었던 거다.

찬바람을 꾹꾹 참고 봄을 기다리는 겨울나무였던 거다.

해거리가 길었던 나무.

아버지!

당신의 깜깜한 동굴 같은 배 속에서 산달을 몇 년 넘기고

피투성이가 된 채,
하지만 천만다행히 무사하게 다시 태어난 날입니다.
그리고,
방금 질긴 탯줄을 끊었습니다.

일기에 마침표를 찍었다. 호랑이 굴에 살던 호랑이는 이제 중요하지 않다. 내 마음이 홀가분해졌다는 사실만이 중요하다.
　일기장을 뒤적거렸다. 무심코 11월 7일자 일기에 시선을 고정시켰다.

문득 사는 게 장애물달리기 같다는 생각이 든다.
내 짧은 인생에도 폐타이어, 매트, 줄넘기, 간짓대 같은
장애물들이 곳곳에 널려 있다.
하지만 어떻게든 버티고 이겨내다 보면 뜻밖의 행운도 따른다.
대롱대롱 매달린 과자를 따 먹고, 달리기에서 2등을 먹기도 하고…….

머리에 번쩍 불이 들어왔다. 죽일 놈의 방황에 종지부를 찍을 정답이 일기장 속에 있었다니.
　그동안 수많은 장애물을 통과했다. 이제 과자를 먹고 싶다. 뜻밖의 2등도 하고 싶다. 그 생각만으로도 방전될 위기에 처했던

삶의 배터리가 조금씩 충전되는 기분이었다.

현재 내 기상 상태 분석 결과, 아직 먹구름주의보가 해제 되었다고는 볼 수 없다. 아니 먹구름주의보는 앞으로 계속 발령과 해제를 반복할 것이다. 하지만 난 이곳에서 망각하고 있었던 시간을 되찾았다. 튀밥꽃 피는 시간. 이제 다시는 그 시간의 끄나풀을 놓치지 않을 거다. 필요할 때 언제든 끄집어내 꽃을 활짝 피울 거다. 그 마법의 꽃을.

감나무에서 내려왔다. 그길로 아랫방에 가 방치되어 있던 책상을 마당으로 밀뜨렸다. 헛간 구석에 처박혀 있던 녹슨 쇠메로 책상을 때려 부수었다. 그걸로 대청소의 대미를 장식했다.

탕! 탕! 탕!

"아이구, 잘한다. 그란해도 고것 좀 뿌사갖고 군불이나 땠으믄 싶었는데."

엄마의 주름살이 웃고 있었다. 그건 마치 장애물달리기를 할 때 뒤에서 보내던 엄마의 박수와도 같았다. 엄마는 내가 여기 오지 않은 몇 년 동안에도 나를 향해 박수를 치며 응원했을 거였다.

책상은 순식간에 해체되었다. 아버지의 방으로 통하는 아궁이에 솔가리를 넣고 삭정이를 넣고 조각난 판때기를 얼기설기 올려놓았다. 그러고는 툭 성냥을 그어 솔가리에 불을 붙였다.

거기에 이젠 형체도 알 수 없는 아버지에 대한 온갖 종류의

상념을 털어 버렸다. 휘발유를 끼얹은 듯 불은 혓바닥을 날름거리며 활활 타올랐다. 이제 비밀 일기장 같은 건 필요 없다. 난 가족사진을 주머니 속에 넣고 일기장을 집어던졌다. 불은 일기장 속에 담겨 있던 잡동사니 묵은 감정들을 모조리 태우고, 아버지의 방 밑 구들장을 덥히고, 굴뚝으로 연기가 되어 빠져나갔다. 몽개몽개 피어오르던 연기는 공중에서 바람에 양쪽 뺨을 맞더니 흔적도 없이 흩어졌다.

"매칠 더 쉬었다 가지, 벌쎄 갈라꼬?"

가방을 메고 신발을 꿰차 신자 엄마는 벌써부터 눈물 바람이다. 저 눈물은 내가 딴 길로 새지 않게 인도할 것이다.

"내가 얼마나 바쁜 사람인데. 걱정 말고 집에서 호강할 준비나 하고 계셔. 설날 올게."

"참말이제?"

"속고만 사셨나 봐?"

내 농담 한마디에 엄마가 울면서 웃었다. 그러면서 곧 떠날 걸 예상했던 것처럼 바리바리 싼 보따리를 내밀었다.

우연히 올려다 본 감나무 꼭대기에 검붉던 까치밥은 종적을 감추었다. 참 오랜만에 눈물이 흘러나왔다.

작가의 말

고향에 왔다.

마을 어귀에 들어서자 자연 정자나무골이 있던 곳으로 눈길이 간다. 어린 시절 희로애락이 고스란히 내장되어 있던. 그곳은 고속도로가 뚫리는 통에 진작 종적을 감추었다. 우물과 미나리꽝이 있던 자리에 집 한 채가 눌러앉았고, 도랑과 논바닥이 있던 마을회관 앞은 시멘트 공사를 했다. 한쪽 가장자리에 팔각정이 세워졌고 느티나무 한 그루가 심어졌다. 휑댕그렁하고 낯설기만 하던 마을이 이제 익숙하다. 느티나무도 성큼 자라 팔각정에 충분한 그늘을 드리운다. 지금은 어느새 곱게 단풍이 들었다.

집 마당에 들어선다.

우리 집에는 소설에서와는 달리 감나무가 없다. 대신 가죽나무가 있다. 아버지는 봄이면 가죽나무에서 나온 여린 순을 데쳐 초장에 찍어 먹는 걸 좋아했다. 나는 그 냄새가 유난히 싫었다. 아버지와 나의 호불호는 사소한 것에서부터 극명하게 갈렸다. 그건 부전자전이라는 말을 수치로 여겼던 나를 위무해 주곤 했다.

지난여름 마당 귀퉁이 손바닥만 한 땅뙈기에서 자라던 온갖 푸성귀는 김장용 배추한테 자리를 내어주었다. 싱싱하다. 엄마의 손길을 거치는 것들은 으레 저 모양을 한다.

"왔나?"

고개를 돌리니 호호백발이 된 엄마가 나를 반긴다. 퇴행성관절염으로 절뚝절뚝 걷는 엄마를 나는 폭 안는다. 엄마는 거칠고 푸근한 한 그루 아름드리 정자나무다.

엄마가 키워낸 나뭇가지는 모두 여덟 개. 나는 그중 일곱 번째 가지. 다른 나뭇가지와 마찬가지로 내 나뭇가지 역시 상처와 흉터를 만들며 가지를 뻗어 나갔고 이듬해 봄이 되면 새 잎을 터뜨렸다.

고향에서는 불쑥불쑥 내 유년 시절과 조우한다.

그때 나는 소설 속 주인공보다 더 고독했고 불행했다. 잘 태어났다는 생각을 해본 기억이 없다. 이듬해 봄, 새 잎이 나지 않기를 바란 적도 있다.

하지만 언제인가부터 나는 가끔 쥐뿔도 없던 그 시절이 못 견디게 그립다. 그 아슴푸레한 감정이 이야기를 쓰라고 부추겼을 것이다.

십여 년에 걸쳐 고치고 고치고 또 고쳤다. 그간 없던 인물이 새로 생겼고 있던 인물이 사라졌다. 인물들의 생김새와 성격과 대화가 바뀌었고 그들이 일으킨 사건 사고도 변했다. 애착을 넘어 집착에 이르렀을 즈음, 한 편의 이야기로 세상에 내놓게 되었다. 천신만고 끝이다.

비룡소 식구들에게 고맙다.

살아 계신 것만으로도 선물인 엄마, 매년 큰 선물 주셔서 감사하다. 그리고 문득, 아버지가 그립다.

정연철

블루픽션 73

마법의 꽃

1판 1쇄 펴냄   2013년 12월 1일
1판 4쇄 펴냄   2020년 6월 16일

지은이 정연철
펴낸이 박상희
편집 박지은
디자인 인수정

펴낸곳 (주)비룡소
출판등록 1994년 3월 17일 제16-849호
주소 06027 서울시 강남구 도산대로1길 62 강남출판문화센터 4층
전화 영업 02)515-2000 편집 02)3443-4318,9 팩스 02)515-2007
홈페이지 www.bir.co.kr
제품명 어린이용·반양장 도서 제조자명 (주)비룡소 제조국명 대한민국 사용연령 3세 이상

ⓒ 정연철 2013. Printed in Seoul, Korea.

ISBN 978-89-491-2330-1 44810
       978-89-491-2053-9 (세트)

이 도서의 국립중앙도서관 출판시도서목록(CIP)은 서지정보유통지원시스템 홈페이지(http://seoji.nl.go.kr)와
국가자료공동목록시스템(http://www.nl.go.kr/kolisnet)에서 이용하실 수 있습니다.
(CIP제어번호 : CIP2013018646)

| 블루픽션 시리즈

1. 스켈리그 데이비드 알몬드 글/ 김연수 옮김
안데르센 상, 엘리너 파전 문학상, 카네기 상, 휘트브레드 상, 마이클 L.프린츠 상,
어린이도서연구회 권장 도서, 책교실 권장 도서, 중앙독서교육 추천 도서

2. 운하의 소녀 티에리 르냉 글/ 조현실 옮김
소르시에르 상, 어린이도서연구회 권장 도서

3. 내 이름은 미나 데이비드 알몬드 글/ 김영진 옮김
안데르센 상, 엘리너 파전 문학상, 카네기 상, 휘트브레드 상, 마이클 L.프린츠 상

4. 0에서 10까지 사랑의 편지 수지 모건스턴 글/ 이정임 옮김
밀드레드 L. 배첼더 상, 어린이도서연구회 권장 도서

5. 희망의 섬 78번지 우리 오를레브 글/ 유혜경 옮김
안데르센 상 수상 작가, 밀드레드 L. 배첼더 상, 머더카이 상, 아침햇살 선정 좋은 어린이 책,
중앙독서교육 추천 도서, 책교실 권장 도서, 책따세 추천 도서

6. 뢰스 극장의 연인 자닌 테송 글/ 조현실 옮김
프랑스 '올해의 청소년 책', 소르시에르 상, 어린이도서연구회 권장 도서, 열린 어린이가 뽑은 좋은 책

7. 시인 X 엘리자베스 아체베도 글/ 황유원 옮김
카네기상, 내셔널 북 어워드, 마이클 L. 프린츠 상, 보스턴 글로브 혼 북 상, 골든 카이트 어워드

9. 이매지너리 프렌드 매튜 딕스 글/ 정회성 옮김

10. 초콜릿 전쟁 로버트 코마이어 글/ 안인희 옮김
미국 도서관 협회 선정 도서, 뉴욕타임스 선정 도서, 어린이도서연구회 권장 도서

11. 전갈의 아이 낸시 파머 글/ 백영미 옮김
뉴베리 상, 국제 도서 협회 선정 도서, 마이클 L. 프린츠 상, 책교실 권장 도서, 어린이도서연구회 권장 도서

13. 나의 산에서 진 C. 조지 글/ 김원구 옮김
뉴베리 상, 미국 도서관 협회 선정 도서, 어린이도서연구회 권장 도서,
열린 어린이가 뽑은 좋은 책, 책교실 권장 도서

14. 먼 산에서 진 C. 조지 글/ 김원구 옮김

15. 우리 형은 제시카 존 보인 글/ 정회성 옮김

17. 푸른 황무지 데이비드 알몬드 글/ 김연수 옮김
안데르센 상, 엘리너 파전 문학상, 스마티즈 상, 마이클 L.프린츠 상, 어린이도서연구회 권장 도서

18. 킬리만자로에서, 안녕 이옥수 글짓
학교도서관저널 추천 도서

19. 레모네이드 마마 버지니아 와버 울프 글/ 김옥수 옮김

20. 기억 전달자 로이스 로리 글/ 장은수 옮김
뉴베리 상, 보스턴 글로브 혼 북 명예상, 어린이도서연구회 권장 도서,
열린 어린이가 뽑은 좋은 책, 교보문고 추천 도서

22. 내 인생의 스프링캠프 정유정 글
세계청소년문학상, 문화관광부 교양 도서, 어린이도서연구회 권장 도서,
교보문고 추천 도서, 학도넷 추천 도서

23. 줄무늬 파자마를 입은 소년 존 보인 글/ 정회성 옮김
아일랜드 '오늘의 책', 행복한 아침독서 추천 도서, 교보문고 추천 도서

24. 이상한 나라에 빠진 앨리스 지은이 알 수 없음/ 이다희 옮김
고래가 숨쉬는 도서관 추천 도서, 교보문고 추천 도서

25. 파랑 채집가 로이스 로리 글/ 김옥수 옮김
어린이도서연구회 권장 도서

26. 하이킹 걸즈 김혜정 글
블루픽션상, 한국문화예술위원회 우수문학도서, 책따세 추천 도서, 학도넷 추천 도서

27. 지구 아이 최현주 글
제11회 블루픽션상 수상작

28. 나는 브라질로 간다 한정기 글
황금도깨비상 수상 작가, 소년조선일보 추천 도서, 중앙일보 추천 도서

29. 키싱 마이 라이프 이옥수 글
한국문화예술위원회 우수문학도서, 어린이도서연구회 권장 도서, 교보문고 추천 도서,
전국독서새물결모임 추천 도서, 학교도서관저널 추천 도서

30. 꼴찌들이 떴다! 양호문 글
블루픽션상, 행복한 아침독서 추천 도서, 교보문고 추천 도서, 책따세 추천 도서,
경기도학교도서관사서협의회 추천 도서, 중앙일보 북클럽 추천 도서

31. 우연한 빵집 김혜연 글
문학나눔 선정 도서, 학교도서관저널 추천 도서, 책따세 추천 도서, 아침독서 추천 도서,
어린이도서연구회 추천 도서

32. 생쥐와 인간 존 스타인벡 글/ 정영목 옮김
미국 도서관 협회 선정 도서, 국립어린이청소년도서관 추천 도서

33. 두 개의 달 위를 걷다 샤론 크리치 글/ 김영진 옮김
뉴베리 상, 미국 어린이 도서상, 스마티즈 북 상, 영국독서협회 상 수상작,
경기도학교도서관사서협의회 추천 도서, 학도넷 추천 도서

34. 침묵의 카드 게임 E. L. 코닉스버그 글/ 햇살과나무꾼 옮김
스쿨 라이브러리 저널 선정 최고의 책, 에드거 앨런 포 상 노미네이트,
경기도학교도서관사서협의회 추천 도서, 아침독서 추천 도서

35. 빅마우스 앤드 어글리걸 조이스 캐럴 오츠 글/ 조영학 옮김
스쿨 라이브러리 저널 선정 최고의 책, 미국 도서관 협회 선정 최고의 청소년 책,
뉴욕 공립 도서관 추천 도서, 학교도서관저널 추천 도서

36. 서쪽 마녀가 죽었다 나시키 가오 글/ 김미란 옮김
소학관 문학상, 일본 아동문학가협회 신인상, 한국간행물윤리위원회 청소년 권장 도서,
어린이도서연구회 권장 도서, 아침독서 추천 도서, 책따세 추천 도서

37. 닌자걸스 김혜정 글
전국학교도서관담당교사모임 추천 도서, 아침독서 추천 도서

38. 첫사랑의 이름 아모스 오즈 글/ 정회성 옮김
안데르센 상, 제브 상

39. 하니와 코코 최상희 글
블루픽션상, 사계절문학상 수상 작가, 학교도서관저널 추천 도서

40. 파랑 치타가 달려간다 박선희 글
제3회 블루픽션상 수상작, 학교도서관저널 추천 도서, 아침독서 추천 도서,
어린이도서연구회 권장 도서, 책따세 추천 도서, 문화체육관광부 우수교양도서

41. 나는, K다 이옥수 글
학교도서관저널 추천 도서

42. 어쩌자고 우린 열일곱 이옥수 글
한국도서관협회 우수문학도서, 학교도서관저널 추천 도서

43. 앉아 있는 악마 김민경 글

44. 최후의 Z 로버트 C. 오브라이언 글/ 이진 옮김
뉴베리 상 수상 작가

45. 스카일러가 19번지 코닉스버그 글/ 햇살과나무꾼 옮김
뉴베리 상 2회 수상 작가, 학교도서관저널 추천 도서

46. 줄리엣 클럽 박선희 글
제3회 블루픽션상 수상 작가, 대한출판문화협회 선정 올해의 청소년 도서,
한국도서관협회 선정 우수문학도서

47. 번데기 프로젝트 이제미 글
제4회 블루픽션상 수상작

48. 뚱보가 세상을 지배한다 K.L. 고잉 글/ 정회성 옮김
마이클 L. 프린츠 아너 상

49. 파랑 피 메리 E. 피어슨 글/ 황소연 옮김
미국학교도서관저널, 미국도서관협회 선정 청소년 분야 '최고의 책',
학교도서관저널 추천 도서, 책따세 추천 도서

50. 판타스틱 걸 김혜정 글
제1회 블루픽션상 수상 작가, 대한출판문화협회 선정 올해의 청소년 도서,
고래가 숨쉬는 도서관 선정 도서, 한국도서관협회 선정 우수문학도서,
경기도학교도서관사서협의회 추천 도서

51. 어쨌거나 스무 살은 되고 싶지 않아 조우리 글
제12회 블루픽션상 수상작

52. 우리들의 짭조름한 여름날 오채 글
마해송 문학상 수상 작가, 한국도서관협회 선정 우수문학도서,
국립어린이청소년도서관 추천 도서, 경기도학교도서관사서협의회 추천 도서,
2017 순천시 One City One Book 선정 도서

53. 웰컴, 마이 퓨처 양호문 글
　　제2회 블루픽션상 수상 작가, 대한출판문화협회 선정 올해의 청소년 도서,
　　경기도학교도서관사서협의회 추천 도서

54. 초록 눈 프리키는 알고 있다 조이스 캐럴 오츠 글/ 부희령 옮김
　　미국 내셔널북어워드, 오헨리 상 수상 작가, 경기도학교도서관사서협의회 추천 도서,
　　국립어린이청소년도서관 추천 도서

56. 메신저 로이스 로리 글/ 조영학 옮김
　　뉴베리 상, 보스턴 글로브 혼 북 명예상 수상 작가, 경기도학교도서관사서협의회 추천 도서

59. 고백은 없다 로버트 코마이어 글/ 조영학 옮김
　　전미 도서관 협회 선정 청소년을 위한 최고의 책,
　　퍼블리셔스 위클리 선정 최고의 책, 북리스트 편집자의 선택

61. 개 같은 날은 없다 이옥수 글
　　2013 서울 관악의 책, 목포시립도서관 추천 도서, 울산남부도서관 올해의 책,
　　책따세 추천 도서, 한국간행물윤리위원회 청소년 권장 도서, 한국도서관협회 우수문학도서,
　　국립어린이청소년도서관 추천 도서

63. 명탐정의 아들 최상희 글
　　제5회 블루픽션상 수상 작가, 문화체육관광부 우수교양도서

64. 갈까마귀의 여름 데이비드 알몬드 글/ 정회성 옮김
　　안데르센 상, 엘리너 파전 문학상, 카네기 상, 휘트브레드 상 수상 작가

65. 파랑의 기억 메리 E. 피어슨 글/ 황소연 옮김

67. 하필이면 왕눈이 아저씨 앤 파인 글/ 햇살과나무꾼 옮김
　　카네기 메달, 가디언 어린이 픽션 상

68. 반드시 다시 돌아온다 박하령 글
　　제10회 블루픽션상 수상작, 학교도서관저널 추천 도서, 세종도서 문학나눔 선정 도서

69. 원더랜드 대모험 이진 글
　　제6회 블루픽션상 수상작, 국립어린이청소년도서관 추천 도서, 아침독서 추천 도서

70. 나는 일어나, 날개를 펴고, 날아올랐다 조이스 캐럴 오츠 글/ 황소연 옮김
　　미국 내셔널북어워드, 오헨리 상 수상 작가

71. 칸트의 집 최상희 글
　　제5회 블루픽션상 수상 작가, 아침독서 추천 도서, 세종도서 문학나눔 선정 도서

72. 태양의 아들 로이스 로리 글/ 조영학 옮김
　　뉴베리 상, 보스턴 글로브 혼 북 명예상 수상 작가

73. 마법의 꽃 정연철 글
　　푸른문학상 수상 작가, 세종도서 문학나눔 선정 도서, 학교도서관저널 추천 도서

74. 파라나 이옥수 글
　　학교도서관저널 추천 도서, 사계절문학상 수상 작가, 책따세 추천 도서, 국립어린이청소년도서관
　　추천 도서, 세종도서 문학나눔 선정 도서, 아침독서 추천 도서

75. 그 여름, 트라이앵글 오채 글
  마해송 문학상 수상 작가, 국립어린이청소년도서관 추천 도서, 아침독서 추천 도서

76. 밀레니얼 칠드런 장은선 글
  제8회 블루픽션상 수상작, 학교도서관저널 추천 도서, 아침독서 추천 도서

77. 아르주만드 뷰티 살롱 이진 글
  블루픽션상 수상작가, 한국출판문화진흥원 우수 콘텐츠 제작 지원 당선작

78. 굿바이 조선 김소연 글

  ⊙ 계속 출간됩니다.